K.Nakashima Selection Vol.33

新 陽だまりの樹

原作：手塚治虫
「陽だまりの樹」より
脚本：中島かずき

論創社

新　陽だまりの樹

装幀　鳥井和昌

目次

新 陽だまりの樹

◉登場人物

伊武谷万二郎
手塚良庵
丑久保陶兵衛
お品
おせき
ヒュースケン
平助
山岡鉄太郎
楠音次郎
手塚良仙／ハリス
おとね
勝麟太郎

蕎麦屋
下田奉行所役人
下田の侍
料亭の女中
医学所の助手
幕府の上使
おつる
警護役
歩兵組の面々
江戸の街の人々
ならず者
浪人達
芸者達
彰義隊隊士
薩長軍の兵士達
浪士組

——第一幕—— 狂い咲く大樹

【第一景】

安政二（一八五五）年九月末。宵の口。
江戸、往来。少し広い空間がある。そこに大きな桜の古木《こぼく》が立っている。桜は満開。
町人達がその桜を眺めている。
桜の木の下に医者姿の男が立っている。手塚良庵《てづかりょうあん》、蘭方医である。誰かを待ってい
るのか、落ち着かない様子。
と、若い女性が向こうから現れるのが見える。
おせきだ。

良庵　おせきさん。こっちこっち。

おせき、良庵のもとに近寄る。

良庵　ありがとう、よく来てくれた。見なよ、綺麗な桜だろう。
おせき　ええ。驚いた。ほんとだったんですねえ。
良庵　信じてなかった？

おせき　良庵さんの言うことですから、話半分で。
良庵　おいおい。
おせき　でも九月に桜が満開なんて、滅多にあることじゃないでしょう。
良庵　黒船この方、滅多にないことばかりが起こるからな。こいつもご時世に合わせたんじゃねえか。
おせき　ほんとに最近は物騒なことばかり。うちのお寺にも、しょっちゅうお侍の亡骸が放り込まれて。
良庵　浪人かい。
おせき　ええ、素性がわからないから結局無縁仏になってしまって。
良庵　最近は攘夷だなんだと、侍同士の斬り合いが流行ってるからなあ。まったくてめえの命をなんだと思ってるのか。パッと咲いてパッと散るのは桜の花だけで充分だ。
おせき　ほんとに。
良庵　でもまあ、咲いた桜に罪はねえ。あんたにこいつを見せたくて、呼びだしたってわけだ。
おせき　そうですね。桜は桜。満開の桜はいつだって、人の心に華やいだ色をつけてくれます。
良庵　おう、さすがはおせきさん、いいことを言う。
おせき　誘っていただいてよかった。
良庵　ほんとに？

おせき　ええ。
良庵　そうか、そいつはよかった。

と、向こうを見た良庵の顔色が変わる。

良庵　おせきさん、こっちこっち。

と、桜の木の陰におせきを誘《いざな》う。

おせき　良庵さん、何を。
良庵　なにも滅多なことをしようってわけじゃねえ。親父様だ。
おせき　親父様？
良庵　ああ、そうだ。あっちからやってきてる。あの親父、そそっかしくて、こんな所を見られたら何を言われるかわからねえ。
おせき　何をって、何を。
良庵　いやいや、何もありません。やましいことなんかこれっぽっちもありませんよ。ありませんけどね、親父の野郎、医者の癖に早とちりの塊みてえなもんだから、ね、念のため、こっちに。

と、おせきを引っ張って桜の木の裏に隠れる。
向こうから手塚良仙《てづかりょうせん》が歩いてくる。良庵の父親だ。
突然、彼の前に浪人が数人立ちはだかる。楠音次郎《くすのきおとじろう》を中心とした浪人だ。その中に一人、特に殺気をまとった陰気な表情の男がいる。名を丑久保陶兵衛《うしくぼとうべえ》。

楠　蘭方医の手塚良仙だな。
良仙　な、なんだ、おぬしら。
楠　死んでもらう。

刀を抜く一同。

良仙　ま、待て。何の恨みで。
楠　毛唐の技を用いて人様の身体《からだ》を切り刻む。その所業断じて許せん。
良仙　待て、それは手術と言ってな。その方が治りが早い。あくまで人命のためだ。
陶兵衛　お前は牛の血を人に呑ませようとしているとか。そんな外道の所業が見過ごせるか。
良仙　いや、それは違う。牛の血なんぞ呑ませはせん。種痘と言ってな、疱瘡《ほうそう》の予防に使う……。
陶兵衛　黙れ。異人かぶれの妄言など、耳が汚《けが》れる。

抜刀すると、良仙に襲いかかる。

良仙　うわわわ！

必死にかわす良仙。

木の陰で見ていた良庵とおせきも驚く。

おせき　良庵様、おとうさまが！

良庵　うん。

おせき　うんじゃなくて。止めないと。きっと話せばわかります。

良庵　それはどうかと。

おせき　じゃ、見殺しですか。

良庵　そうもいかねえか。

と、木の陰から飛び出す良庵。

そこに男の声。伊武谷万二郎《いぶやまんじろう》だ。

万二郎　やめんかーっ‼

万二郎の横には山岡鉄太郎《やまおかてつたろう》もいる。千葉道場の同門だ。
万二郎を見て、良庵、素早く木陰に戻る。

万二郎　お前達、何をしている！
楠　天誅《てんちゅう》だ。怪我したくなければ黙って見ていろ。
山岡　伊武谷、はやるな。
万二郎　あれは向かいの良仙先生だ。見過ごすわけにはいかん。

と、浪人の中に駆け込む万二郎。

万二郎　天誅だと。一人の町人を侍が大勢で取り囲む。そんな卑怯なふるまいを天が許すか。
陶兵衛　どけ。手出しするなら、お前も斬るぞ。
万二郎　おもしろい。斬れるものなら斬ってみろ。

と、万二郎も抜刀。襲いかかる陶兵衛の剣を剣で弾く。

山岡　まったく、あの男は。

と、山岡も浪人達を相手にする。

山岡　俺は山岡鉄太郎。そこの伊武谷とは同門でな。義によって助太刀する。
万二郎　すまない、山岡さん。（良仙に）大丈夫ですか、先生。
良仙　い、伊武谷さん。助かった。
陶兵衛　異人に魂を売った男をかばうつもりか。貴様、それでも日の本の侍か。
万二郎　俺も異人は嫌いだ。
陶兵衛　ならばなぜ邪魔をする。
万二郎　この方《かた》は、近所でも有名な名医。何人もの人間が良仙先生のおかげで救われた。簡単に斬らせるわけにはいかん。
陶兵衛　どけ！

と、襲いかかる陶兵衛。万二郎、受ける。二人の腕は五分《ぶ》。いったん離れる二人。万二郎、隠れていた良庵とおせきの方に行く。二人に気づく万二郎。

万二郎　あ、おぬしは。
良庵　（バツが悪い）よ。
万二郎　よ、ではない。なぜおぬしが隠れている。（おせきに気づき）あ、あなたは、お、おせ、おせ！

陶兵衛が打ちかかる。それをかわす万二郎。だが、おせきと良庵が気になる。

万二郎　良庵、なぜ、おぬしがおせ、おせ、おせ。

良庵　おせおせ、おせおせ、何の力比べをやってるんだよ。

そこに陶兵衛が襲いかかる。受ける万二郎。いったん二人離れて間合いを計る。

良仙も良庵に気づく。山岡、その良仙をかばう。

良仙、離れた所に逃げる。良庵に気づく。

良仙　お前、良庵！　またどこぞのおなごをたぶらかして！

万二郎　たぶらかす⁉　たぶらかしたのか⁉

良庵　たぶらかしてないたぶらかしてない、まだ。

万二郎　まだだと⁉

楠達を相手にしている山岡が言う。

山岡　伊武谷、何をやっている⁉

陶兵衛　貴様ら、いいかげんにしろ！

陶兵衛が万二郎に打ちかかる。傷を受ける万二郎。

良庵・おせき　！

万二郎　そう言いたいのはこっちのほうだ！

再び襲いかかる陶兵衛に反撃。陶兵衛、押される。

陶兵衛　く。

山岡の剣技により、楠達も追い込まれている。

楠　ここは一旦退《ひ》くぞ。

陶兵衛　覚えていろ、異人かぶれどもが。

万二郎　俺は異人かぶれではない！（叫んだために傷が痛む）く！

おせき　血が。大丈夫ですか。

万二郎　あ、は、はい。お、おれ、わたし、拙者は伊武谷万二郎、松平播磨守《はりまのかみ》様家中《かちゅう》、十五俵二人扶持、両親健在……。

良庵　誰もそんなことは聞いちゃいねえよ。

万二郎　うるさい。

おせき　存じています。
万二郎　え。（顔が輝く）
おせき　お寺にもよくご参拝くださって。それに良庵さんからお噂も。
万二郎　え、あ、この男が。何を。

良仙、山岡に礼を言う。

良仙　いやあ、おかげで助かりました。近頃は、ああいうおかしな手合いが多い。
山岡　ご無事でなによりです。伊武谷、傷は。
万二郎　たいしたことはない。
山岡　あれだけの人数相手に一人で飛び込むなんて無鉄砲にもほどがある。その傷ですんで幸いだと思え。

良仙は良庵を叱る。

良仙　良庵、お前という奴は。実の父親を見殺ししか。
良庵　いや、俺だって、見過ごそうとしてたわけじゃない。ただ、そこに万二郎さんが来たから、餅は餅屋、やっとうにはやっとうでとお任せした次第で。
良仙　もういい、もういい。お前はその娘さんを送ってこい。さっきのような手合いもいる。夜道は物騒だ。

万二郎　え。いや、送るのなら拙者が。

良仙　あなたは傷の手当てだ。早く血止めをせんと。

山岡　ああ、その方がいい。

良仙　いいか、良庵、送ったらすぐに戻ってこい。余計な真似はするなよ。でなきゃあ、二度とうちの敷居はまたがせん。

良庵　わかっていますよ。まるで俺が送り狼みたいな。

万二郎　なにい。

良庵　そう気色張るな。冗談がわからないのか。（と、ふと真面目な口調で）ありがとな。この人を助けてくれて。手塚良仙は江戸になくてはならないお方だ。

万二郎　お、おう。

良庵の態度に虚を突かれる万二郎。

良仙　ささ、手当は早いが肝要だ。

山岡　いくぞ、伊武谷。

万二郎　は、はい。

良仙と山岡にせかされて、後ろ髪をひかれながらも立ち去る万二郎。

それを見送る良庵とおせき。

おせき　あの方はどういう方なのでしょう。
良庵　万二郎ですか。今の江戸で生きるには、遅く生まれすぎた男ってとこですかね。
おせき　……。
良庵　じゃ、行きましょう。おせきさん。どうですか、ちょっと一杯ひっかけて。
おせき　良庵様！（と、叱る）
良庵　冗談ですよ。まっすぐ帰りましょう。

良庵に促され、万二郎達とは逆方向に去るおせき。

――暗　転――

【第二景】

数日後（十月二日）。往来。昼間。
桜の木の広場。まだ満開である。桜見物の人々が集まっている。
彼ら目当ての屋台の蕎麦屋も出ている。
腕に包帯を巻いた万二郎がいる。良庵を待っているのだ。

万二郎　遅い。何をやっている。

侍が一人やってくると桜を見上げる。勝鱗太郎、幕臣だ。

勝　いやあ、咲いてる咲いてる。こいつは見事な狂い咲きだ。なあ。

と、横に立っていた万二郎に声をかける。

万二郎　え？

勝　（かまわず話を続ける）冬も間近だってのにこの桜、こりゃあめでてえな。

万二郎　はあ。
勝　いやいや、やっぱりこりゃとんでもねえことが起きる前兆だ。
万二郎　どっちですか。
勝　親父はどう思う？（と、蕎麦屋に声をかける）
蕎麦屋　どっちでもいいっすよ。あっしゃあ蕎麦さえ食ってもらえりゃあ。
勝　おう、その通り！　ま、そういうことだ。
万二郎　はい？
勝　（戸惑う万二郎を気にせず）一杯もらおうか、親父。
蕎麦屋　へい。
万二郎　……なんなんだ？

そこに、良庵がやってくる。

万二郎　遅い。おぬしが呼び出しておいて、いつまで待たせる。
良庵　悪い悪い。出がけに急に怪我人が転がり込んできて。あんたの傷はどうだい。
万二郎　おかげで随分いい。さすが良仙殿は名医だ。
良庵　まったく物騒な話だよ。医学じゃ西洋の方が確実に進んでるのに、それがわからねえ連中が多すぎる。日の本日の本言ってるだけじゃあ、この国はどんづまる。
万二郎　……奴らの気持ち、わからんでもない。

良庵　え。

万二郎　聞けば、良仙殿は牛の血を人に入れようとしているとか。それがまことなら、止めようとするのは当然だ。そんな南蛮妖術、誰が好き好んで。

良庵　妖術じゃねえ、医学だよ。牛の血を入れるんじゃねえ。父上は疱瘡を予防したいだけだ。

万二郎　疱瘡？

良庵　ああ。疱瘡は一度かかると二度とかからねえ。免疫ってもんができるんだ。牛にも同じような病気があるけど、こいつは人様に移っても軽くて済む。しかも疱瘡の免疫もできる。だから牛の疱瘡の種《たね》を人間に植え付ける。そうすりゃ疱瘡にかからずに済むんだ。これを種痘と言う。わかったか。

万二郎　……やはり妖術のたぐいにしか聞こえん。

良庵　じゃなんで親父殿を助けた。

万二郎　俺は武士だ。乱暴狼藉にあっている者を見過ごすことができるか。しかも名医だ。

良庵　その名医ってのは、お前さんが言うとこの南蛮妖術のおかげなんだけどね。

万二郎　黒船が来て鎖国の禁が解けてからこっち、異人達がこの日の本の土を踏んでいる。きゃつらがこの国で傍若無人にふるまうなら、この剣で打ち払う。それが武士の役目だ。

良庵　古いなあ。

万二郎　古くて結構。見ろ、この古木を。この桜だって、まだまだこんなに見事な花をつけることができる。俺も花を咲かせたい。武士の意地という花をな。

と、蕎麦を食っていた勝が声をかける。

勝　そいつはまさに狂い咲きだな。
万二郎　なんだと。
勝　いや、失敬失敬。あんまり勇ましいんで、思わず声をかけちまった。これはこの辺りじゃ一番の古木でね。嘘か誠かわからねえが、家康公ご入国の時に若木だったらしい。
良庵　じゃ、ざっと三百年？
勝　ああ、この陽だまりで枝葉を伸ばし花をつけて、徳川の世と一緒に育ち一緒に栄えてきた。ここは陽当たりもいいし風もない。ぬくぬくと三百年太平の世に安泰を保ってきたってわけだ。言ってみりゃあ幕府みてえなもんだよ、この桜は。

と、桜の幹を叩く勝。

勝　でもな、いつの間にかシロアリや木食い虫にくわれて、中はボロボロだ。長くねえよ、こいつは。
万二郎　ちょっと待て。それは幕府が倒れるという意味か。

勝　そう聞こえたか。
万二郎　ああ。
良庵　落ち着け、万二郎さん。物のたとえだ。そうとは限らねえ。
勝　限るよ。そう言ってるんだからな。
万二郎　貴様、幕府を愚弄するか。攘夷倒幕の浪人のたぐいだな。伊武谷万二郎が相手になる。（と、刀に手をかける）
勝　まてまて、俺は海軍伝習所の勝鱗太郎。れっきとした幕臣だ。
万二郎　幕臣？　仮にも徳川様の扶持をいただく者が、なぜそんなたわけたことを。
勝　たわけはどっちだ。異人が来たらその剣で打ち払うとか言ってるが、向こうには大砲ってもんがあるんだぜ。黒船が江戸の沖から大砲撃ってきたら、どうやって剣で戦うね。
万二郎　な、なら、どうしろと。
勝　だからこその海軍だ。こっちも軍艦作るんだよ。敵を知り己を知れば百戦殆《あやう》からず。異人だからとただ嫌うんじゃなくて、向こうの知恵はいただき、その上にこっちの知恵をのっける。そうじゃなきゃこの先、生き残れねえ。
良庵　その通り。いや、いい事を仰る。蘭方医もまさにその精神。私、手塚良庵と言います。
勝　あ、三百坂の手塚良仙先生のとこの。
良庵　ええ。ご存じですか。

勝　噂は聞いてますよ。江戸に種痘所を作ろうと懸命に動いていなさると。でも江戸城に巣くってる御殿医どもが何かと難癖つけて、ご苦労なさってるようだねえ。

良庵　先日も不貞の浪士に襲われました。勝様にもお力添え願えれば。

勝　ようがす、まかせておくんなせえと、ポンと胸を叩きてえところだが、あいにくまだそこまでの力はなくてね。まあ、待ちなさい。木がダメになりゃあシロアリや木食い虫は一番に逃げ出し始める。

万二郎　そんな輩《やから》が幕府にいると。

勝　いるね、うじゃうじゃと。

万二郎　……だったら俺が支える。たとえ朽ち果てかけていようと、この木は今、立派な花をつけている。幕府だって同じだ。徳川三百年の意地にかけて、まだまだ立派な花を咲かせる時はある。幕府という大樹を支える。それこそが武士の意気地だ。

勝　おう。いい心意気だ。今のこの国に必要なのは、そういう若い連中だ。でもな、だったらよおく考えな。何が原因でどこが腐ってるかわからなきゃ、支えられるもんも支えられねえよ。

万二郎　承知した。では、ごめん。

去ろうとする万二郎を止める良庵。

良庵　おいおい、待ってくれ。まだこっちの話が終わってねえ。何のために来てもらったと思ってる。

万二郎　あ、ああ、そうか。

良庵　あんた、おせきさんに惚れてるね。

突然むせる万二郎。

良庵　あー、わかりやすいなあ。

万二郎　……ち、ちがう、そんなことは。

良庵　俺は惚れてるぜ。あの夜、おせきさんを呼び出したのも、あの人の気持ちが聞きたかったからだ。

万二郎　それで、返事は。

良庵　あのどたばただ。とても聞き出す雰囲気じゃなかった。ちゃんと送って帰ってきた。なんにも言ってねえしなんにもしてねえ。

万二郎　まことか。

良庵　でなきゃあ、怪我してる万二郎さんをここまで呼び出しゃしねえよ。そこは信じて欲しいもんだ。

万二郎　うむ……。

良庵　あんたの気持ちはダダ漏れだからなあ、黙っておくのも気持ちが悪い。ここは一言《ひとこと》言っておこうと思ってな。

万二郎　……良庵。
良庵　お前さんがどうするか、それはお前さん次第だ。今日の話はそれが眼目だ。
万二郎　……。
勝　いい！　いいなあ！　実にいい！
万二郎・良庵　は？
勝　天下国家を論じたあとで恋のさや当てとは。しかも武士と町人の垣根を越えて。お前達、実にいい！　よし、呑もう！　親父、酒だ！

と、蕎麦屋に声をかける勝。

勝　俺もまもなく長崎に行く。一期一会《いちごいちえ》の男三人、狂い咲きの江戸の桜の下で酒を呑む。桃園ならぬ桜の園の誓いだ。
万二郎　何にも誓ってなどいませんが。
勝　勢いだよ、勢い。細かいことはいいから、呑め。

と、無理矢理二人に酒を勧める勝。
困惑しながらつきあう万二郎と良庵。

――暗　転――

【第三景】

その夜。

小石川伝通院《でんづういん》裏、三百坂。万二郎の家の前辺り。

万二郎の母親のおとねが不安げにうろうろしている。そこに良仙が通りかかる。

おとね　良仙先生。

良仙　これは、おとねさん。万二郎殿の傷はいかがですか。

おとね　随分と良いようです。これも先生の治療のおかげで。

良仙　命の恩人ですからな。破傷風などにならずに済んでよかった。良いご子息をお持ちで羨ましい。それに比べてうちの良庵は。

おとね　あの……、つかぬことをお伺いしますが。おたくの井戸は大丈夫でしょうか。

良仙　井戸?　井戸がどうかしましたか?

おとね　急に井戸がからっぽになって、中からゴゴゴローンなどという変な音が聞こえて気持ち悪くなってしまって。おたくではどうでしょうか。

良仙　妙な話ですな。私も今帰ったところなので。

と、そこに戻ってくる万二郎と良庵。

万二郎　……良庵、俺は支えるぞ、幕府という大樹を。……やっと、俺は俺が成すべき事を見つけた……。

したたか酔っている万二郎、足下がおろそかになり転びそうになる。それを支える良庵。

良庵　ほら、あぶねえ。幕府よりも先にまずてめえの身体を支えな。

万二郎　呑み過ぎだぞ、良庵。

良庵　あんたがな。

それを見ていた良仙とおとねが声をかける。

おとね　万二郎！

万二郎　は、母上。

おとね　なんですか、そんなに酔って。武士ともあろう者がみっともない。

良仙　良庵、お前もだ。二人で何をやっている。

良庵　いえいえ、これもみんな勝さんが無理に呑ませるから……。

良仙　勝？　誰だそれは。
おとね　人のせいではない。己が甘いからです。しっかりなさい、万二郎。

と、その時、地鳴りがする。

万二郎　ははは、母上、怒りすぎですよ。そんなに地響き立てて……。
良庵　いや、これはただ事じゃ……。

と、地鳴りの音ますます酷くなる。

おとね　何事ですか⁉
万二郎　母上！

暗転。
半鐘の音がする。街に火の手が上がる。
逃げ惑う人々。
安政の大地震である。
揺れはひとまずおさまってはいるが、家々は倒壊し火事も酷い。
良仙がいる。様子を見に行った良庵が戻ってくる。

良仙　どうだ、火の手は。
良庵　どうやらこちらには回ってこないようです。診療所は大丈夫。
良仙　よかった。覚悟しておけよ。
良庵　怪我人の治療ですか。
良仙　ああ。酷い地震だ。忙しくなるぞ。

そこに万二郎も戻ってくる。

良庵　お袋様はどうだ。
万二郎　揺れにびっくりして腰が抜けただけだ。幸い家《うち》も潰れずに済んだ。あとは頼んだぞ。
良庵　どこに行く。
万二郎　元麻布の善福寺だ。
良庵　おせきさんの家か。
万二郎　ああ。安否を確かめる。
良庵　わかった。俺も……。

「行く」と言いかけて良仙が睨んでいるのに気づき、言い直す。

良庵　俺はここを動けねえ。頼んだぞ。
万二郎　まかせてくれ。

と、駆け出す万二郎。良庵と良仙は消える。

×　×　×　×

燃える江戸の街。人々が走って逃げてくる。
半鐘が鳴り、火が回る。そこに山岡も走ってくる。

山岡　伊武谷！
万二郎　山岡さん。無事でしたか。
山岡　ああ。しかし、これは。
万二郎　ええ。江戸が火の海です。

風を感じる万二郎。思わず人々に叫ぶ。

万二郎　お前達、そっちはダメだ！　戻れ！
山岡　どうした。
万二郎　そっちは風下だ。火は高いところに回るのを知らんのか。焼け死ぬぞ！

人々に怒鳴る万二郎。戸惑う人々。

町人1　だったらどこに⁉

万二郎　芝浜だ！　海岸に行け！

山岡　おお、確かに。

万二郎　何をしている。死にたいのか！

人々、口々に「それもそうだ」などと言い合う。

万二郎　ええい。ほら、俺のあとについてこい‼

と、駆け出す万二郎。その勢いに人々もついていく。

山岡　……たいした奴だな。

と、あとに続く。

×　×　×　×

芝浜。人々を連れて走ってくる万二郎。

万二郎　よおし、火の手からは逃れたな。ここまで来れば大丈夫だ。

「助かった」「有り難うございます」などと口々にお礼を言う人々。と、そこに若い女性の悲鳴。お品が走って逃げてくる。それを追う三人のならず者達。やくざや侍姿である。お品は上品な身なりの商家の娘。

お品　いや、やめてください。

ならず者1　何を嫌がる。火事から守ってやろうってんだ。

ならず者2　おとなしくつきあえ。

お品　誰か、助けて、助けてください。

ならず者3　手え出すんじゃねえ。お節介は痛い目見るぞ。

人々は難を恐れて相手にしない。
お品、万二郎にすがりつく。

お品　お助けください。お武家様。

万二郎　どうした。

お品　あのならず者達に絡まれて。

万二郎　あんた、一人かい。

お品　地震で父母とはぐれてしまい。
万二郎　そこにつけこまれたってわけか。
ならず者3　つけこんだとは人聞きの悪い。
ならず者2　俺達は、その娘の難儀を救ってやろうとしただけだ。
ならず者1　妙な言いがかりはやめた方がいい。怪我するぞ。
万二郎　武士に向かってなめた口を。
ならず者2　へん。命のやりとりならこっちの方が慣れてるんだ。
ならず者3　どうせこの騒ぎだ、半ちく侍の一人や二人死のうがわかりゃしねえ。
ならず者1　やっちまうか。

「おう」と刀を抜く三人。

万二郎　下がって。

と、お品を下がらせる万二郎。
ならず者三人と戦う万二郎。さすがに三人相手は苦戦する。

万二郎　く……。さすがに、これだけ走ったあとだときつい……。

そこに這々《ほうほう》の体《てい》で山岡がようやく追いつく。
息が切れている山岡。

山岡　……伊武谷、足が速いぞ……。（と、顔を上げると万二郎の状況に気づく）って、今度は斬り合いか。忙しい奴だな。

ならず者や万二郎は山岡に気づかない。
息切れしている万二郎を笑うならず者達。

ならず者1　どうしたどうした。お侍さんよ。
ならず者2　息が上がってるぞ。
万二郎　……。

万二郎、いきなり刀を鞘《さや》に収める。虚を突かれるならず者達。大きく息を吸うと、頬をパチンと大きく叩く万二郎。

万二郎　よおし！

気合いをいれたのだ。そこに、ならず者1が襲いかかる。

ならず者1　なめるな！

ならず者1の刀が万二郎を襲う。が、万二郎も咆哮一閃《ほうこういっせん》、剣を抜く。

万二郎　うおおおお！

自然に居合い抜きの様《さま》になっている。ならず者1の剣はそれ、万二郎の剣は彼の左目を斬る。

ならず者1　うわああ！　目が！　目が！

目を押さえ苦しむならず者1。声をかける山岡。

山岡　助太刀するぞ、伊武谷！

山岡の存在に気づくならず者達。ここは不利だと引き上げる。

ならず者2　ええい、行くぞ！

ならず者3　お、おう。（ならず者1に）しっかりしろ！

目を押さえ苦しむならず者1を連れて逃げ去るならず者達。人を斬ったことで呆然としている万二郎。山岡が声をかける。

万二郎　……。
山岡　お前、いつ居合いなど会得した。
万二郎　いや、そんなつもりは。気合いをいれようと思っただけです。

そこにお品が駆け寄る。

お品　ありがとうございます。お侍様。
万二郎　え、いや。
山岡　その女性《にょしょう》は？
万二郎　（我に返る）こんなことをしている時じゃない。山岡さん、あとはよろしく頼みます。
山岡　え、おい。どこに。
万二郎　行かねばならぬ所があるのです。ごめん。
お品　あの、せめてお名前を……。

と、声をかけるお品を気にせず、駆け去ってしまう万二郎。

お品　……ああ。(気落ちする)

山岡　奴は、あなたを助けて斬り合いを?

お品　はい。

山岡　知り合いですか?

お品　いいえ。今、初めて……。

山岡　見ず知らずのあなたを助けるために命を賭けたと……。

お品　はい。ですからせめてお名前だけでも……。

山岡　万二郎です、伊武谷万二郎。

お品　え。

山岡　あいつの名前です。

お品　伊武谷、万二郎さま……。

山岡　私は山岡鉄太郎、彼の友人です。……って、それはどうでもいいか……。

お品、山岡の言葉はうわの空で、万二郎が駆け去った方を見ている。

×　×　×　×

善福寺。境内。

寺男の平助がのんびり庭掃除をしている。そこに焦っているおせきが現れる。

おせき　何をしているのです、平助。
平助　へい？
おせき　父上が避難の準備をと、言っていたではないですか。何をのんびり掃除など。
平助　へえ。（と、言いながらも掃除をやめない）
おせき　ほら、早く。急いで逃げないと。
平助　でもまあ、風が駄々をこねております。
おせき　風が？
平助　こっちに来るのはいやだと。おっつけ風向きが変わりましょう。
おせき　そんなお前、いいかげんな。

そこにおせきを探しながら駆け込んでくる万二郎。

万二郎　おせき殿、おせき殿！（彼女を見つける）よかった。ご無事でしたか。
おせき　伊武谷様。なぜここに。
万二郎　あなたがご無事かと。
おせき　そんなことでわざわざ。逃げましょう。ここは火の手が。
万二郎　いや、風向きが変わりました。この辺は大丈夫。

おせき　え。

万二郎　街は大混乱です。今、往来に出る方が危ない。

おせき　そうなのですか？

万二郎　はい。芝浜から走ってきました。街の様子はわかります。（ぜいぜい言っている）

平助　ほうら、言った通りだ。

おせき　なにをいばってるの。この方《かた》にお水を。

平助　へーい。

水を取りに行く平助。

おせき　……芝浜からここまでとは……。

万二郎　たいしたことはない。ほんの二、三里です。あなたが無事なのがわかればそれでいい。

そこに平助が桶に水を汲んでくる。柄杓で水をすくうと一気に水を呑む万二郎。

万二郎　ふう。生き返りました。

おせき　おもては大変なのですか。

万二郎　ええ。家は潰れ火は回り、大変な有り様です。

おせき　そんな中をわざわざ……。
万二郎　では私は。
おせき　え？
万二郎　おせき殿の無事な顔が見られれば、私はそれで。では。
おせき　あ……。

行こうとする万二郎。だが、立ち止まる。意を決して振り返る万二郎。

万二郎　……おせき殿。一つお伝えしたいことがあります。ええ、そのためにここまで走ってきました。

真剣な面持ちの万二郎。興味深そうに聞いている平助。彼に気づくおせき。

おせき　平助。
平助　へい。
おせき　あちらへ。
平助　へいへい。

平助、しぶしぶ去る。

おせき　……お話とは。
万二郎　私は、あなたをお慕いしています。
おせき　……。
万二郎　良庵の事は聞いています。ですが、人の事はどうでもいい。私はただ、あなたが私をどう思っているか。それが聞ければいい。それで私の心は決まる。

おせき、じっと考えているがおもむろに口を開く。

おせき　……わたし、侍は嫌いでした。
万二郎　え。
おせき　人の命はなによりも尊い。子どもの頃からずっと、そう教わってきました。ですが、今の侍は簡単に人を殺す。尊皇だ攘夷だと言いながら簡単に人を斬り、しかもその亡骸をこの寺に放り込んでいく。とても好きにはなれません。
万二郎　……。
おせき　わたしはいくさが嫌いです。わたしが子どもを生んだ時、その子がいくさに巻き込まれて不幸になるのは耐えられない。そのいくさを引き起こすのが侍です。
万二郎　……。
おせき　ですが、伊武谷様は心のお優しい方と知りました。良仙先生を救い、今日はわたしのことを心配して駆けつけてくださった。他の侍とは違う。人の命を大切になさる方だと。

万二郎　では……。

おせき　一つ、お願いがあります。わたしとわたしの子ども達を不幸にしないため、人を斬らないと約束していただけますか。

万二郎　武士をやめろと仰るか。

おせき　そうではありません。ただ、人を殺《あや》めない。その刀で人を傷つけない。そう約束していただければ、わたし、伊武谷様のもとに参ります……。

万二郎　ほんとですか⁉

おせき　はい……。

万二郎　わかりました。約束します！

おせき　伊武谷様。

万二郎　もう、この剣は抜かない。二度と人は傷つけない……。

と、刀を前に出して誓おうとするが、はたと戸惑う。その様子を訝《いぶか》るおせき。

おせき　……どうされました。

逡巡する万二郎、だが口を開く。

万二郎　……私は、今、人を斬ってきました。
おせき　……え。
万二郎　ここから先、刀を抜かない。そう誓うことはできる。できますがしかし、今、この刀は血で染まっている。それを黙っていることはできません。
おせき　……今も人を。
万二郎　……はい。
おせき　……その刀で。
万二郎　はい。
おせき　……人を守るためですか。
万二郎　はい。

一歩身を退くおせき。

万二郎　おせき殿……。
おせき　……大切な人であればあるほど、あなたはその方《かた》を守るために刀を抜くのでしょう。
万二郎　……私は、ただ、武士でありたい。武士として恥じぬような生き方がしたい。
おせき　……そうですか。（その目に浮かぶ悲しみの色）
万二郎　……。（万二郎もそれを悟る）

おせき　失礼します。

おせき、立ち去る。

その背を見送る万二郎。やがて踵《きびす》を返して反対方向に歩き出す。

寺の境内を出て、道に出る万二郎。

万二郎　（一人呟く）俺は……、俺は大馬鹿だ。

平助　ほんとだねえ。

いつの間にか平助がついてきていた。手に桶を持っている。彼に驚く万二郎。

万二郎　！　なんだ、貴様！

平助　せっかくお嬢さんもなびいたというに。なんでわざわざ本当のこと言うかな。

万二郎　き、貴様、聞いていたのか！

と、怒る万二郎の間合いを崩すように、柄杓を差し出す。優しく言う。

平助　呑みなされ。

万二郎　え。

平助　ささ。喉が渇いたでがしょう。

人を食った平助に調子を狂わされる万二郎。

受け取り、柄杓の水を呑む。大きく息を吐く万二郎。

平助　……旦那は馬鹿だねえ。

万二郎　それは自分が一番わかっている。

平助　そこが面白い。

人を食ったような表情の平助。戸惑う万二郎。

平助　ああ、面白いお方だよ、旦那は。

万二郎　うるさい。

柄杓を返すと立ち去る万二郎。面白そうに見送る平助。

——暗　転——

【第四景】

万二郎の家の前。

風呂敷包みを持ってうろうろしているお品。

診療帰りの良庵が通りかかる。

お品の様子を訝しむ良庵。お品、その視線に気づき、そしらぬ顔を装い通りすぎていく。

良庵も去っていく。

お品、そそくさと戻ってくる。意を決して万二郎の家に声をかける。

お品　（小さく）もうし……。

返事がないので、もう少し大きな声をかけてみる。

お品　もうし……。
良庵　はい。

と、戻ってきた良庵が返事をする。驚くお品。

良庵　ああ、すみません。驚かないで。
お品　こちら、伊武谷様のお宅では？
良庵　ええ、そうですよ。あ、私は向かいに住んでまして、怪しい者じゃありません。
お品　では、万二郎様ともご懇意ですか？
良庵　ご懇意なんて上等なものじゃありませんがね。
お品　あの、万二郎様は？
良庵　おとね殿、おとね殿。

と、おとねが顔を出す。

おとね　はい。これは若先生。
良庵　こちら、万二郎さんの母君《ははぎみ》のおとね殿だ。
おとね　この方は？
良庵　万二郎さんに御用だと。
おとね　万二郎が何か？
お品　お品と申します。前の地震の時に命を救われまして。一言お礼を申し上げたくて。
おとね　万二郎がそんなことを。

良庵　じゃあ、あなたもあの時の騒動で。それは一足遅かった。
お品　え。
おとね　息子は下田に行っております。
お品　……伊豆の下田ですか？
良庵　ええ。亜米利加《アメリカ》のハリス領事の護衛役とかで。
お品　異人の護衛役……。
おとね　地震のせいです。万二郎が人助けなどするから、伊武谷家の跡取りともあろう者が、異人の世話など。
良庵　皮肉なものですなあ。あの時、万二郎殿が多くの町人を海岸に誘導した。その時の働きが御老中阿部正広様のお耳に入り、ハリス領事の護衛に大抜擢されたのです。今の御老中の阿部様は広く人材を登用するお方だからこそのお計らいですよ。
お品　でも、あの方の働きなら当然です。お侍の中のお侍です。
良庵　もっとも本人は異人嫌いなので、相当いやがってましたけどね。
お品　それでも、きっとお役目はきちんと果たされる。そういうお方です。
おとね　……あなた。

お品を見るおとね。彼女のそぶりに、万二郎に好意を持っていることに気づくおとね。悟られたと感じたお品、あわてて手にした風呂敷包みを渡す。

お品　これを万二郎さまに。
おとね　武士として当然のことをしたまで。このようなもの、いただくわけには参りません。
お品　せめてものお礼の気持ちです。
おとね　失礼。

と、おとね、風呂敷包みをあける。

お品　あ……。（と、慌てる）

包みの中身は羽織と袴である。

良庵　これは羽織と袴ですか。いい生地ですね。こりゃたいしたもんだ。
おとね　……この品、手織りですね。
お品　はい……。
良庵　手織り。あなたがこれを全部？
お品　はい……。
おとね　感謝のお気持ちは充分にいただきました。ありがとうございます。ですが、やはりお持ち帰りください。
お品　え、なぜ。

おとね　……この羽織には、感謝以上の気持ちが込められています。見ればお品殿は町家《ちょうか》の娘御かと。我が伊武谷家は松平播磨守様家中。武家と町家では釣り合いがとれませぬ。
お品　……それはわかっております。私はただ。
おとね　気持ちだけ、と言いたいのですね。でも、そのお気持ちにはお応えできない。
お品　え。
おとね　万二郎のことはお忘れください。
お品　……せめて、せめてその羽織だけはお収めを。
おとね　お帰りください。

と、風呂敷包みを差し出すおとね。

お品　失礼します。

お品、それを受け取らず駆け去る。その後ろ姿を見送る良庵とおとね。

良庵　……いい娘さんなのに。少し厳しすぎませんか。
おとね　いい娘さんだからですよ。
良庵　え。

おとね　万二郎は危なっかしすぎる。どこにどう転ぶかしれたものじゃない。あんな育ちのいい一途な娘さんを添わせるのは酷というものです。
良庵　そういうことですか。……それで、その着物は。
おとね　万二郎に着せますよ。こんないい物、もったいない。誰が作ったかは、ご内密に願います。
良庵　ああ。心得ました。

うなずく良庵。

×　×　×　×

江戸、某所。
暗闇に浮かび上がる浪人二人。楠音次郎と丑久保陶兵衛だ。

楠　丑久保。
陶兵衛　楠さんか。
楠　蘭方医天誅以来だな。
陶兵衛　いきなりの呼び出しとは、また仕事かな。
楠　ああ。下田に行って欲しい。
陶兵衛　下田？　……ああ、あそこには亜米利加の領事がいたな。
楠　さすがに話が早い。

陶兵衛　老中どもが黒船に脅えて亜米利加と和親条約を結んで以来、開国派の鼻息は治まらん。一泡吹かせてやりたいと思っていた。領事を斬るか。

楠　待て待て。そうはやるな。斬ってはいかん。襲って脅すだけだ。

陶兵衛　脅す？

楠　ああ。今回は、奴らを脅し、日の本の国はそうそう、きゃつらの思い通りにはならんことを示せばよい。

陶兵衛　なまぬるいな。

楠　だから話のわかる男でないと務まらん。

陶兵衛　今回の金の出どころは幕府というわけか。

楠　へたに動けば攘夷派に斬られる。そう脅して下田に押し込め、ぬらりくらりと時間を稼ぎ、領事を亜米利加に押し返す。その間に態勢を整え、異人どもを追い払ういくさを起こす。幕府の中にもそう考える一派はいるということだ。

陶兵衛　……なんともまだるっこしい。

楠　異人達に一泡吹かせることができるのは確かだ。おぬしの剣で日の本の恐ろしさ、思い知らせてやれ。

と、銭袋を出す楠。陶兵衛、その金を受け取ると、歩き出す。

楠　頼むぞ、丑久保。

二人、再び闇に消える。

× × × ×

伊豆、下田。山道。

亜米利加領事のハリスとその通詞のヒュースケン。二人、怒って歩いている。そのあとを追ってくる役人。

役人　お待ちください、領事！　ハリス領事！

と、彼らの前に回る役人。（彼らは英語で会話しているが、それを日本語に訳しているという体《てい》である）

ヒュースケン　どいてください。あなたと話しても意味がない。ハリス領事はお怒りです。

ハリス　イノウエとはいつ会えるのです。シモダブギョーのイノウエです。

役人　ですから、お奉行はその、体調が思わしくなく……。とにかく一度奉行所にお戻りください。そこでゆっくりと……。

ハリス　ゆっくりと何を話すのだ。決定権のないあなたと話しても時間の無駄だ。

役人　……お茶など呑みながら……。

ヒュースケン　オチャ⁉　あのまずい緑色の液体！

ハリス　我々は亜米利加合衆国の正式な通商使節だ。これ以上、そちらが曖昧な態度を取るなら、直接エドに行く。ショーグンと話をさせてもらおう。

役人　それは無理です。江戸は地震以来、人の心も乱れている。異人を敵だと見なして斬り殺そうとしている不貞の輩もおります。

ヒュースケン　脅しですか。

役人　いいえ。本当に。今日も我々がつけた護衛役を置いてここまで来ている。そう勝手なふるまいをされては命の保証はできかねます。

ハリス　あれは護衛ではない。我々の監視役ではないか。

役人　なにとぞこの下田でお待ちください、平に平に！

ヒュースケン　……行きましょう、領事。彼相手では話しても無駄です。

ハリス　次は必ずイノウエに会わせたまえ。さもなければ亜米利加本国に厳しい報告をせねばならない。

役人　ははあ。

頭を下げる役人。

ハリスとヒュースケン、再び歩き始める。

役人、彼らが去ると踵を返す。

役人　やれやれ。どうしたものか。

ハリス達と反対方向に去る役人。
ハリスとヒュースケンは道を歩き始める。

ハリス　気持ちいいな。ヒュースケン。
ヒュースケン　監視役がいませんからね。いつも怒ったような顔でこちらを睨みつけて。
ハリス　何と言ったか、あの男。
ヒュースケン　……イブヤ、……イブヤマンジロー？
ハリス　ああ、そうだ、イブヤ。
ヒュースケン　あの男、やたらに声が大きくていつも不機嫌で。何を考えてるかわからない。
ハリス　考えをおもてに出さないのは、この国のサムライの風習らしいからな。まったくやりにくい。

歩きながら話す二人。
と、向こうから丑久保陶兵衛が現れる。その剣呑《けんのん》な気配を察するヒュースケン。

ヒュースケン　（小声で）……領事、お気をつけて。
ハリス　……あのサムライか。

陶兵衛、刀を抜く。
ヒュースケン、そばに落ちていた太めの木の枝を拾うと構える。

ハリス　ヒュースケン君。
陶兵衛　ほう。

面白そうに笑う陶兵衛。

ヒュースケン　領事、逃げて。ここは私が。
ハリス　すまん。

一目散に逃げ出すハリス。

ヒュースケン　え。

ヒュースケン、ちょっと意外。陶兵衛、ヒュースケンに迫っていく。
打ちかかるヒュースケン。軽くいなす陶兵衛。また打ちかかる。
ヒュースケンの持っていた棒、打ち払われ飛ばされる。

ヒュースケン　く！（と、逃げ出す）

物陰に逃げ込むヒュースケン。

陶兵衛　待て。

と、追おうとする。が、その足が止まる。物陰を睨みつける陶兵衛。ヒュースケンが逃げ込んだ物陰から、剣を構えた万二郎が姿を現す。ヒュースケン、彼にかばわれながら姿を見せる。ここから日本語で会話が交わされる体になる。

ヒュースケン　Thank you!　イブヤ、アリガト！

万二郎　だから、あなた方だけではあぶないと。

万二郎の顔を見てハッとする陶兵衛。

陶兵衛　貴様、伊武谷万二郎か。

万二郎　俺を知っているのか。いや、お前、確か、良仙先生を……。

陶兵衛　あの時はよくも邪魔をしてくれたな。

万二郎　今度は亜米利加領事か。懲りない輩だ。

陶兵衛　貴様こそ。異人嫌いではなかったのか。蘭方医ばかりか、毛唐にまで尻尾を振るか。
万二郎　尻尾を振るつもりはない。これも武士の務めだ。
陶兵衛　毛唐を守るのがか。
万二郎　御老中阿部様直々《じきじき》の命だ。主君に従うのが武士だろうが。
陶兵衛　毛唐に魂を売った幕府など、主君とは呼べぬわ。
万二郎　お前、なんでそこまで異人を憎む。
陶兵衛　俺の妻は蘭方医に殺された。手術とかいう南蛮の邪法で身体を切り刻まれてな。しかもその蘭方医は姿を消した。
万二郎　……それは良仙先生か。
陶兵衛　……。
万二郎　違うのだな。
陶兵衛　蘭方医などみな同じだ。俺は誓ったのだ。すべての蘭方医とその大元である異人達を倒して妻の仇を取る。
万二郎　それは言いがかりだ。
陶兵衛　貴様はなんとも思わないのか。亜米利加、英吉利《イギリス》、仏蘭西《フランス》、異人達がこの日の本で好き勝手ふるまう様を。
万二郎　しかし、今、この男は丸腰だ。異人だろうが何だろうが、弱い者を凶刃から守る。それが武士の務めでなくて、なにが武士だ。
陶兵衛　やかましい！

と、万二郎に打ちかかる陶兵衛。万二郎、剣で受ける。二人、鍔競り合い。その末に、万二郎が陶兵衛の刀を弾き飛ばす。ヒュースケンの前に刀が飛ぶ。思わず拾って剣を構えるヒュースケン。

ヒュースケン　Bastard!

と、笑いだす陶兵衛。

陶兵衛　さあ、どうする伊武谷。そいつを斬らないのか。
万二郎　なに⁉
陶兵衛　今度は俺が丸腰だ。丸腰の者を守るのが武士ではないのか。
万二郎　……それは。
陶兵衛　貴様の武士らしさとは所詮その程度だ。結局、上からの命令を守るだけの小役人根性よ。

ヒュースケン、二人の会話を察する。刀を投げ捨てるヒュースケン。

ヒュースケン　I am translator。サムライ、デハナイ。

陶兵衛　小賢《こざか》しい！

と、隠し持っていた小柄《こづか》を投げようと振りかぶる。そこに銃声。陶兵衛の右腕をかすめ傷つける。小柄を落とす。

陶兵衛　く！
万二郎　小柄だと！　なにが丸腰だ、貴様！
陶兵衛　ふん。運のいい男だ。覚えていろ。

と、駆け去る陶兵衛。

万二郎　待て！

と、追いかけようとするが、ヒュースケンが止める。

ヒュースケン　Wait!　マッテ、イブヤ！　Stay here!　ココニイテ！

その言葉に立ち止まる万二郎。

万二郎　大丈夫か？
ヒュースケン　Thank you。Thank you very much、イブヤ！

と、万二郎の手を握るヒュースケン。

万二郎　な、なんだ。（その手を振り払う）
ヒュースケン　Shakehand。Friendship デス。イブヤ。
万二郎　ふんどしだと、こんな時に下履きの話か。
ヒュースケン　No! Friendship、ユージョー。トモダチ。

と、ハグするヒュースケン。

万二郎　よせ、や、やめろ。相撲か。相撲なら相手になるぞ。（と、身体を離す）
ヒュースケン　アナタ、ヨワイモノマモル、ソレ、スバラシイ。Chivalry spirit、キシドー、マモッテクレル。カンシャシマス。
万二郎　俺はやらなければならないことをやっただけだ。

そこに先ほどハリス達の相手をしていた役人が何人かの侍を連れて走ってくる。

役人　おお、ご無事でしたか、ヒュースケン殿。ハリス殿から聞いて。彼も無事です。奉行所で保護しております。

ヒュースケン　Very good。スベテイブヤノオカゲ、デス。

役人　ご苦労だった、伊武谷殿。

万二郎　は。

役人　ヒュースケン殿も一度奉行所に。

万二郎　私は、もう一度この辺りを探索してみます。

役人　わかった。

ヒュースケン　イブヤ。

と、手を差し伸べるヒュースケン。それに応えておずおずと握手する万二郎。

ヒュースケン　You are my friend.Thank you.

微笑んで去るヒュースケン。役人達も続く。

万二郎、物陰に声をかける。

万二郎　そこにいるんだろう。出てこい。

と、鉄砲を担いだ平助が現れる。

万二郎　お前だったのか。確か善福寺の寺男の。
平助　平助だ。
万二郎　なぜお前がここに。その鉄砲は。
平助　わしは元々こっちで猟師をやっててな。旦那がこっちに来たって聞いて、善福寺には暇をもらってきた。
万二郎　俺を追ってか。
平助　へえ。
万二郎　それは……。
平助　あ、おせきお嬢さんとはこれっぽっちも関係ねえだよ。あれっきり、旦那のことを口にしたことは一度もねえ。
万二郎　そ、それはそうだろう。そうとも。おう。そう思っていたともさ。まったくもってその通り。
平助　やっぱり旦那は面白いお人だ。
万二郎　うるさい。
平助　褒めてるんだが。
万二郎　馬鹿にされてる気がする。
平助　そんなこたあねえ。旦那はええ面構えだ。大物になる相をしてる。

万二郎　お前、人相を観るのか。
平助　いや、あいにく人を見る目はねえと評判だ。
万二郎　お前な……。
平助　だから、旦那にそれをひっくり返してもらいてえ。お仕えさせてくだせえ。
万二郎　わけのわからない男だな。
平助　へへへ。
万二郎　……まったく俺は何をしてるんだか。

と、ヒュースケンと握手した手を見つめてつぶやく。

——暗　転——

【第五景】

江戸。竹藪。はずれにあばら屋がある。
それが陶兵衛の家だ。
おもてに出ている陶兵衛、鋭く抜刀し竹を斬る。
何度か素振り。
と、楠が現れその様子を見る。
陶兵衛、再び竹を斬る。腕の具合を見るとうなずく。

楠　腕の傷も良くなったようだな。
陶兵衛　……伊武谷め。今度会ったらただではおかぬ。
楠　そういえば、井伊直弼《いいなおすけ》が大老になるらしいぞ。
陶兵衛　井伊が。
楠　尊皇攘夷を唱える者を弾圧していくという噂もある。
陶兵衛　なんだと。幕府はこの国をどうするつもりだ。
楠　まあ、そう憤《いきどお》るな。世間が物騒になればその分、俺達の仕事は増える。
陶兵衛　楠さん、あんたはどっちの味方なんだ。

楠　強いて言えば山吹色の味方かな。世の中は、結局金があるほうが勝つんだよ。そして、勝つからますます金が集まる。

陶兵衛　……金如き。

楠　確かに如きだがな、この如きが馬鹿にならぬ。生きていくには必要だろう。

陶兵衛　それで、今日は何の用だ。

楠　その金の話さ。おぬし、以前、家系図を売りたいと申していたな。

陶兵衛　言うたがどうした。

楠　知り合いに頼まれてな、その家系図を欲しいという女性《にょしょう》がいる。

と、お品が姿を見せる。

楠　お品殿だ。（お品に）こちらは丑久保陶兵衛殿。

お品　お品と申します。

楠　では、拙者は。

お品　え。

陶兵衛　おい。

楠　ここから先は当事者同士で話されるがよかろう。では、ごめん。

お品　楠様。

楠、立ち去る。所在なさげなお品。

陶兵衛　あの男、妙な気を回しおって。心配なさるな。おかしな真似はせぬ。
お品　はい……。
陶兵衛　見れば商家の娘御のようだが、家系図が欲しいのはそなたか。
お品　はい。
陶兵衛　……若侍にでも惚れたか。
お品　え。
陶兵衛　察しはつく。身分の差を反対され家系図を手に入れ、武士の家柄となるか。
お品　はい。
陶兵衛　やめておけ。ろくなことにはならん。商家の娘は商家の男に嫁げ。
お品　いいえ。私は武家の嫁になりとうございます。
陶兵衛　……俺の妻は農家の出だった。
お品　え。
陶兵衛　当然周りは反対した。だが俺は彼女さえいればいい。そう思い主家を捨て浪々の身となった。貧乏暮らしの末に、妻は身体を壊し、藪医者にかかり身体を刻まれ帰らぬ身となった。
お品　それは……。
陶兵衛　農家とは言えひとかどの庄屋の娘だ。俺と一緒にならなければ、あんな死に様はしなくてすんだろう。武士に嫁ぐなんて愚の骨頂だ。

お品　そんなことはありません！　伊武谷様は！

陶兵衛　伊武谷!?

陶兵衛の顔色が変わる。

陶兵衛　今、伊武谷と言ったか！

お品　……。

陶兵衛　お前が惚れているのは伊武谷万二郎か!?　そうなんだな！

お品の顔色で察する陶兵衛。

陶兵衛　ここに伊武谷の想い人が来ようとはな。聞け、奴こそは俺の仇敵。いずれ伊武谷は俺が斬る。

お品　そんな。あの方が何を!?

陶兵衛　俺の妻は蘭方医に殺された。奴はその蘭方医の番犬、いや、異人に国を売った匹夫《ひっぷ》奸賊《かんぞく》の類だ！

お品　いいえ、あの方は立派な侍。武士の中の武士です！

陶兵衛　言うな！

と、お品を殴る陶兵衛。腕の傷を見せる。

陶兵衛　これは奴との立ち会いで受けた鉄砲傷だ。剣での立ち会いの中、奴は鉄砲を持った手下を忍ばせていた。そういう卑怯な奴なのだ。

お品　いいえ。だとしたらあなたに卑怯なふるまいがあったのです。

陶兵衛　わからぬ女が。

お品　伊武谷様には指一本触れさせません！　あの方を斬るのなら代わりに私を斬ってください！

陶兵衛　おお、斬ってやるとも！　いや、それだけではない！

と、お品を抱きすくめる陶兵衛。

陶兵衛　斬るだけではおさまらん。奴の大切な物、この俺が奪ってやる！

お品　いや、やめて！

と、いやがるお品を小屋に押し込む陶兵衛。

×　×　×　×

とある料亭。

芸者達が賑やかに踊っている。良庵と万二郎がいる。陽気に酒を呑んでいる良庵。
面白くなさそうな万二郎。

良庵　呑め呑め。万二郎さんよ。ほらお酌お酌。

芸者、万二郎の盃に酒を注ぐ。万二郎、それを一気に呑み干すと立ち上がる。

万二郎　帰る。
良庵　まあ待て。そうやってすぐに帰る帰ると。亜米利加領事の護衛役を罷免《ひめん》されてから、家でゴロゴロしているあんたの気晴らしにと思って来てもらったんだ。
万二郎　こんなもの、気晴らしになるか。
良庵　そう言うな。
万二郎　ああ、うるさい。もう、出てってくれ。

と芸者達に言う万二郎。

良庵　すまないね。

と、出ていくように芸者に言う良庵。やれやれという風に出ていく芸者達。良庵と万二郎の二人になる。

と、そこに女中がやってくる。

女中　お連れ様がお見えになりました。

万二郎　連れ？

良庵　珍しいお方をお呼びした。

と、そこに現れる勝麟太郎。

勝　なんだなんだ、茶屋に呼び出しと聞いたから張り切って来たのに、男二人しかいねえのか。

万二郎　あなたは確か……。

良庵　海軍伝習所の勝麟太郎様だ。

勝　様付けは勘弁してくれ。久しぶりだな、伊武谷さん。

良庵　今は長崎におられるのだが、お忍びで江戸に戻っていると聞いて、お呼びした。

万二郎　お呼びしたって……。

良庵　あれから何度か連絡をとっていたのだ。なにせ長崎は蘭学の本場だ。医学書も薬も、江戸では手に入らぬものがあちらにはある。

勝　医者と仲良くして損はねえよ。ほんとはあっちにいなくちゃならねえんだが、井伊

良庵　直弼殿が大老になったからな。江戸の様子が知りたくてこっそり戻ってきた。内緒だぜ。
勝　やはり変わりますか。
良庵　ああ、変わるねえ。尊皇攘夷の連中をきつーく締め上げて、幕府の威光とやらをもう一度思い知らせようとしてやがる。剣呑剣呑。
勝　それは悪いことですか。幕府がしっかりしてこその日の本ではないですか。
万二郎　（万二郎の言葉を聞き流して、酒を呑む）くー、江戸で呑む酒はうめえなあ。もっとも長崎の酒もうまいが。ま、酒はどこだってうまいってことだな。
良庵　確かに。
勝　しかし、あんたも災難だったなあ、伊武谷さん。
万二郎　災難？
勝　ああ、せっかく亜米利加領事にも気に入られていたというのに。
良庵　この男が？
万二郎　領事じゃない。その通詞だ。ヒュースケン。賊から救ってやったら、それ以来、トモダチトモダチとうるさくて。
勝　大活躍だったって噂になってたぜ。
万二郎　そんなものじゃない。お役目だからだ。

盃をあおる万二郎。酔いが彼を饒舌にする。

万二郎　だいたい、俺は好きで異人の護衛役なんぞになった覚えはない。むしろ逆だ。なんで俺が異人を守らねばならん。だが、それもお役目だ。幕府を支える柱となると決めたからには、決して意に添わぬお役目でも、しっかりやらねば。そういう思いでやってきたんだ。

良庵　なるほど、あんたらしい。

万二郎　異人なんて見るのもいやだ。言葉もわからぬ。風習も違う。奴ら、牛の乳を呑むんだぞ。それも暖めて。気持ち悪いんで目をそらしたら、「もっと見るか」なんて言いやがる。馬鹿にしてるにも程《ほど》がある。

勝　……ホットミルク。

万二郎　なに？

勝　そりゃあ「もっと見るか」じゃない。ホットミルクだ。暖かい牛の乳のことを、英語でそう言うんだ。教えてくれたんだよ、英語を。

万二郎　知ったことか！

勝　怒られちゃったよ。

良庵　まあまあ、酔ってますんで。

万二郎　それでも、俺は必死でやっていた。それなのにどうだ。突然のお役御免だ。江戸に戻され、それきり沙汰なし。まったく腹が立つ。なにより腹が立つのはな、フッとどうしてるのかと思ってしまうことだ。……ハリスや、ヒュースケンを。

良庵　へえ。
万二郎　……異人などこの国から追い出すべきだと思っていたのだが、たまに妙に懐かしくなる。自分で自分がわからなくなる。
勝　そいつぁあれだ、顔が見えたんだな。
万二郎　顔？
勝　攘夷派の連中は夷狄《いてき》毛唐とひとくくりにするが、亜米利加人、英吉利人、仏蘭西人、それぞれ国も違うし立場も違う。もっと言やあ、一人一人考え方も育ちも違う。〝異人〟なんて者はいねえんだ。異人じゃねえ、ヒュースケンって相手の顔が見えたってことじゃないのかい。
良庵　ああ。そういえば親父様に教わったことがある。患者なんてものはいねえ。病なんてものはねえ。一人一人で症状が違う。その違いをちゃんと考えろ。〝病〟とか〝患者〟とかそういう言葉でひとくくりにしちゃいけねえってね。
万二郎　……良庵、酔ってるな。
良庵　え。
万二郎　お前がまともなことを言う時は、たいていまともじゃない。
良庵　おいおい。酔ってるのはお前だろう。
勝　しかし考え所だぜ。あんたが罷免されたのは、阿部派だって思われてたからだ。
良庵　阿部派？　先の御老中のですか。
勝　ああ、阿部正弘殿は改革派だった。下々《しもじも》の者まで人材を広く登用しようとしてた。

万二郎　伊武谷くんが亜米利加使節の護衛役に抜擢されたのもその一環だ。それが、阿部さんが急死して風向きが変わった。阿部派を一掃して井伊派が幕府を押さえる。
勝　そんなことのために俺が。
良庵　ま、政《まつりごと》としちゃ当然だけどな。やられる方はたまったもんじゃねえ。
勝　そこです。今日勝さんに来てもらったのも、それをお伺いしたかった。
良庵　江戸に種痘所をって話だね。
　ええ。すでに大阪では緒方洪庵《おがたこうあん》先生が種痘所を開き、成果を上げています。この江戸でも一刻も早く開きたいと嘆願書を出していたのですが、この政変でどうなることか。
勝　安心しな。そのお許しは出そうだぜ。
良庵　本当に！
勝　ああ。確かな筋から聞いてきた。
良庵　よかった。父も喜びます。江戸の蘭方医の悲願でしたから。
勝　予防できるとわかってるものは、予防しなくちゃなあ。最近はあちこちでコレラも流行っているようだし、医者は気が休まる時がねえなあ。
良庵　私はほんとは遊びたいんですけどね。親父がうるさくて。
勝　伊武谷くんよ。いくら幕府って大樹の支えになるって言っても、肝心の大樹にいやがられちゃあどうしようもあるめえ。てめえ自身がどう立つかを考えた方がいい。
万二郎　だったら、あなたはどう考える。

勝　倒れたもんは仕方がない。俺はそのあとのことを考える。倒れた木を木材にして家を建てるって手だってあるよ。
万二郎　諦めると言うのか、幕府が倒れるのを。なんと不遜な。
勝　そうは言っちゃいねえ。でも、先の先まで考えなきゃ、船は海を走れねえ。
万二郎　もういい。俺は帰る。

立ち上がる万二郎。

良庵　万二郎。
万二郎　俺は海に出る気はない。この日の本という大地に足を据《す》えて生きていく。
勝　物のたとえだよ。頑固な男だなあ。

と、そこに女中が顔色を変えてやってくる。

女中　良庵先生。
良庵　どうした。
女中　お客さんの具合が急に悪くなって。それがひどくて。ちょっと診ていただけませんか。
良庵　どんな具合なんだ。

女中　上と下から猛烈な勢いで戻しまして……。
良庵　……まさか、そいつは。
勝　コレラか。
万二郎　この江戸まで⁉
良庵　とにかく診よう。どっちだい。

三人、血相変えて部屋を出る。

――暗　転――

【第六景】

江戸。街。人々が苦しみ倒れていく。「コロリだ」「疫病だ」「鉄砲病だ!」などと口々に叫ぶ人々。
その騒乱の中に立つ良仙と良庵。
良庵は前を向き、状況を人々に語る。

良庵　安政五年、長崎出島に端を発したコロリは関西を経てあっという間に江戸に達しました

良仙、人々の様子に驚く。

良仙　まさかコレラが箱根の山を越えるとは……。これは大変なことになるぞ。

良仙、人々の治療に当たる。

良仙　(人々に) いいか、水を呑ませろ。コロリは脱水で死ぬのだ。水をどんどん呑ませ

ろ。

それでも倒れていく人々。歯噛みする良仙と良庵。

良仙　くそう。この病の原因は何だ。中毒か。臓器が腐るのか。病の元さえわかれば治療法は見つかるのに。結局わしら蘭方医も祈るしかないのか！　悔しい、悔しいなあ、良庵。

再び人々に語る良庵。

良庵　この時、江戸市中《しちゅう》でコロリで亡くなった数、二万八千四百二十一人。山東京伝、安藤広重などの著名人もその犠牲となり、そしてついには将軍家定《いえさだ》様までも。それでもいつか騒ぎは落ち着く。あれだけ猛威を振るっていたコロリの流行がようやく下火になっても、いまだ落ち着かないのは人々の心でした。

良庵の姿は消え、入れ替わりに現れる楠と陶兵衛、その仲間の浪人達。

陶兵衛　見たか、江戸の惨状を。あのコロリは南蛮の異人どもがもたらしたものだ。
楠　これも井伊大老が亜米利加と通商条約などを結んだせいい。天皇《みかど》に無断で行なった事を天が怒っているのだ。
陶兵衛　やはり井伊は斬らねばならぬな。
楠　ああ。

と、彼らも人混みの中に消える。

×　×　×　×

そして安政七年初め。雪が降っている。
往来。第一景で狂い咲きしていた桜の大樹。
今はその枝に雪が積もっている。
傘をさした万二郎と蓑を着た平助がその桜を見上げている。

万二郎　平助。江戸に戻って何年になる。
平助　もうかれこれ三年ですだ。
万二郎　その間《かん》、何か面白いことはあったか。
平助　へい、それなりに。
万二郎　何があった?
平助　え。
万二郎　俺は何もなかった。亜米利加領事の護衛の任を解かれてから今日まで、ただ、次のお役を待つ日々だ。江戸の街がコレラで大騒ぎの時も何ができるでもない。せめて病にかからないようにするくらいが関の山だった。

平助　疫病騒ぎも峠を越えてよかったでがす。

万二郎　その点、医者は偉いな。あの良庵ですら必死で治療に当たっていた。つくづく、こんな時武士は役立たずだと思ったよ。

平助　武士というよりは旦那だな、役立たずは。

万二郎　斬るぞ。

平助　へいへい。（と、少し離れる）

万二郎　その、なんにもなかった役立たずの俺にくっついているお前が、何を面白がった。

平助　その暇な旦那を眺めているのがね。人はよくもまあこんなに無駄な時間を過ごせるもんかと思うと、もう面白くて面白くて。

万二郎　お前は、ほんとに口の減らない男だな。

平助　気にすることあねえ。気の持ちようでがすよ、旦那。

万二郎　……今日は雪の花か。

平助　へい？

万二郎　この大木だ。よく積もっているな。

平助　へえ。雪の重みに枝が悲鳴を上げてるでがんす。

万二郎　……以前、この木を見上げた時は見事に桜の花が咲いていた。それも秋にだ。九月の終わり。

平助　狂い咲きでがすね。

万二郎　ああ。それはそれは見事な咲きっぷりだった。こうやって朽ちかけ老いた桜でも意地を見せることがある。たとえ幕府が老いて衰えようとも、この身をもって支えられる日が必ず来る。そう信じて日々を過ごしてきたのだが……って、人の話を聞け。

平助、物陰に隠れて手招きしている。

平助　(小声で)旦那、こっちこっち。
万二郎　どうした。
平助　どうにも物騒な匂いがするだ。

と、向こうから陶兵衛が現れる。誰かを待っている様子。

万二郎　あの男……。
平助　下田で旦那達を襲った男だね。

と、そこに橘とその仲間の浪人達がやってくる。

橘　どうだった、井伊は。
陶兵衛　予定通り、藩邸を出た。

その会話に顔色が変わる万二郎。

万二郎　……井伊？　大老のことか。

橘　水戸藩脱藩の連中も奴の首を狙っているらしい。

陶兵衛　先を越されてたまるか。急ごう。

と、行こうとする陶兵衛達。

万二郎、物陰から出ると呼び止める。

万二郎　待て！

立ち止まる陶兵衛達。

万二郎　どこに行かれるおつもりか。

陶兵衛　伊武谷万二郎……。なぜ、お前がここに。

万二郎　ここは天下の往来。俺がどこにいようが俺の勝手だろう。

楠　ならば我らも同じ事。天下の往来をどこへ行こうが我らの勝手。

万二郎　(楠の顔を見て思い出す)……お前達、良仙先生を襲った連中じゃないか。また、どこその誰かを襲おうというのか。それは、井伊大老ではないのか。

　　と、殺気ばしる一同。

楠　聞かれたか。

　　と、陶兵衛が止める。

陶兵衛　奴には遺恨がある。ここは俺が。

楠　頼んだ。

　　と、陶兵衛を残して立ち去る楠達。

万二郎　平助、お前は番所に。

平助　心得た。

　　と、平助も駆け去る。

　　睨み合う万二郎と陶兵衛。

陶兵衛　伊武谷、また貴様か。
万二郎　それはこっちの台詞だ。貴様が勝手に俺の前に現れるんじゃないか。
陶兵衛　それは貴様が権力の犬だからだ。
万二郎　なに。
陶兵衛　奸物《かんぶつ》井伊直弼は天皇《みかど》に無断で、異人と条約を結んだ。この国を異人に売る売国奴だ。貴様はなんとも思わんのか。
万二郎　思う。思うがしかし、だからといって斬ればいいというものでもない！
陶兵衛　今度は大老に尻尾を振るか。異人の次は大老、そうやってこの日の本に仇なす者に与《くみ》する。まったく見下げ果てた奴だ。
万二郎　違う。俺はただ、幕臣として恥ずかしいことはやりたくないだけだ。
陶兵衛　またいつもの能書きか！

打ちかかる陶兵衛。受ける万二郎。

万二郎　お前、異人の何を知っている。大老の何を知っている。自分の思い込みだけで憎んでいるだけじゃないのか！
陶兵衛　それを綺麗事だと言うのだ！

気迫が万二郎を圧す。彼の刀が弾かれる。

万二郎　く……。

陶兵衛　丸腰か。だが、俺は遠慮なく斬らせてもらう。貴様のような綺麗事は言わない。

万二郎　綺麗事ではない。それが武士だ。

陶兵衛　貴様のそういうところ、虫酸が走るわ。覚えておけ、俺の名は丑久保陶兵衛。貴様を斬った男の名前だ。死ねい！

と、丸腰の万二郎に打ちかかろうとする陶兵衛。

が、その時、桜の枝に乗っていた雪が落ちてくる。それだけではない。桜の木が音を立ててへし折れる。

虚を突かれる二人。が、万二郎、一瞬早く刀を拾う。襲おうとする陶兵衛に向かって剣を突き出す。陶兵衛、寸前で踏みとどまる。

陶兵衛　……おのれ。

そこに楠が戻ってくる。

楠　逃げるぞ、丑久保。

陶兵衛　首尾は。

楠　だめだ、水戸藩の連中に先を越された。この辺にも役人が来るぞ。
陶兵衛　では井伊は⁉
楠　我らが行った時には首を落とされていた。
万二郎　井伊大老が斬られたと⁉
陶兵衛　(万二郎を睨み) また貴様が邪魔を！　肝心な時にいつも！　……だがな、俺は貴様の大事なものを手に入れた。
万二郎　なに⁉
陶兵衛　覚えておけ、伊武谷。

陶兵衛も駆け去る。

万二郎　おい、何のことだ。

倒れた桜のもと、一人残る万二郎。
そこに良庵が走ってくる。

良庵　大丈夫か、万二郎。
万二郎　良庵。
良庵　平助から聞いた。怪我は。

万二郎　いや、俺は。

と、桜を示す。

倒れていることに気づく良庵。

良庵　桜が……。

万二郎　ああ。

良庵　とうとう寿命か……。

万二郎　……良庵、井伊大老が殺されたぞ。

良庵　なに。

万二郎　俺が支えるべき大樹はどうなるのだろうな。

良庵　……また、時代が変わるな。

万二郎と良庵、倒れた桜を見つめる。

――第一幕・幕――

―第二幕―　散り惑う大義

【第七景】

元麻布善福寺。今はここが亜米利加国公使館となっている。
庭。おせきがいる。誰かを待っている風。そこにハリスが姿を見せる。あわてて姿を隠すおせき。と、旅姿の万二郎が現れる。

万二郎　ハリス公使。
ハリス　オー、待ッテイマシタ、マンジロー。
万二郎　ヒュースケンに会ってきました。
ハリス　good。彼ノ様子ハドウデシタ？
万二郎　赤羽で一軒家を借りて、後家《ごけ》の女性に世話をさせていました。すっかり荒んだ雰囲気で。

と、麻布赤羽のヒュースケンの姿が浮かぶ。日本の着物を着ている。万二郎に気づく。

ヒュースケン　マンジロー！

万二郎、ヒュースケンの方を振り向く。以下、万二郎の回想である。ハリスの姿は消える。
万二郎にハグするヒュースケン。日本語は、下田の時よりも流暢になっている。

ヒュースケン　ヨク来テクレタ。マンジローガ警護ヲ離レテカラ寂シカッタ。
万二郎　俺も会えて嬉しいよ。
ヒュースケン　コノ国デ友達ハオ前一人ダ。

身体を離す万二郎。

万二郎　今日は幕府の使いで来た。
ヒュースケン　エ……。
万二郎　また、お前達の護衛役に戻ったんだ。
ヒュースケン　ソウカ。井伊大老ガ死ンダカラナ。政治ノ駆ケ引キニ振リ回サレテルナ、マンジロー。
万二郎　ああ。ハリス公使と仲違いしたんだってな。それでハリスのもとを飛び出して、こんな所で一人暮らしか。
ヒュースケン　ヒト月二分《ぶ》デ賄イツキダ。

万二郎　二分？　お前、それは払いすぎだぞ。
ヒュースケン　ハリストイルヨリハイイ。ソレニドウセ幕府ガ払ッテクレル。
万二郎　……ハリス公使のもとに戻れないのか。
ヒュースケン　ヤッパリソノ話カ。
万二郎　公使は日本語に堪能なおぬしがいなくて不便をしているぞ。
ヒュースケン　不自由ナノハ、コチラダ。ワタシハ二十一ノ時ハリスニ従イ東洋ニ来タ。ソレカラ六年、ワタシハズットアノ彼ノ世話ヲシテキタ。病気ニナッタ時、必死デ医者ヲ探シテ看病シタ。ナノニ彼ハソレ当然ト思ッテル。ワタシノ自由ヲ認メナイ。
万二郎　お前、女遊びが酷かったそうじゃないか。それでハリスと諍いになったんだろう。
ヒュースケン　ワタシハ二十七歳。普通ノ男。女性、愛シタイ。恋愛シタイ！　ソレヲアノ堅物、女性ダメ外出ダメ遊ビダメ。ワタシハ若イ、アンナ老イボレトハ違ウ！

そこにおつるが酒とするめを持ってくる。

おつる　旦那、これは。
ヒュースケン　ココニ。

そばにあった木箱を卓と腰かけ代わりにする。

ヒュースケン　呑ムゾ、マンジロー。

万二郎　……ああ。

二人、酒を酌み交わす。おつる、酒とするめを置くとまた奥に戻っていく。その姿、どこか艶《なま》めかしい色気がある。彼女を見る万二郎。

万二郎　……お前、あの女にも手をつけたのか。

ヒュースケン　ツマラナイコトヲ聞クナ。彼女ハ後家ダ。

万二郎　後家だろうとなんだろうと手をつけたのか。

ヒュースケン　ナグサメタダケダヨ。

万二郎　なぐさめじゃない。慰み者だ。お前、どういう意味かわかってるのか。

ヒュースケン　ワカッテルヨ。オ金アゲル。女性ヨロコブ。マニラデモ香港デモソウダッタ。

万二郎　だが、日本じゃ違う。外国人の慰み者になった女は、世間からのけ者にされ忌み嫌われるんだ。

ヒュースケン　Why!?　ナゼダ？　他ノ国ソンナコトシナイ。日本人バカネ！

万二郎　俺も馬鹿げてるとは思う。でも、この国じゃそうなんだ。下田でハリス公使の世話をしたお吉って女がいただろう。彼女も唐人お吉なんて呼ばれて、苦労してるって聞いたぞ。

ヒュースケン　野蛮人ガ！

万二郎　この国は長いこと鎖国してた。外国人に慣れてないんだ。だから妙に脅えちまう。
俺だってそうだった。お前達に会うまでは。
ヒュースケン　……。
万二郎　日本人が外国人のことをわかるためには、お前さんのように日本語が堪能で日本を
わかってる人間がいないとダメなんだ。頼む、ハリス公使の力になってやってくれ。
ヒュースケン　……。
万二郎　ハリスにはお前の自由を認めてくれるように俺から話す。
ヒュースケン　本当カ。
万二郎　ああ。
ヒュースケン　約束ダゾ。
万二郎　うむ。

万二郎、立ち上がる。
ヒュースケンは闇に消えていく。
と、いつの間にかそこは善福寺に戻っている。
万二郎の回想が終わる。ハリスがいる。

万二郎　……というわけです。ヒュースケンも若い男です。行動の自由を認めてくれるなら、
彼は戻ってきます。

ハリス　……ワカッタ。
万二郎　特に彼は自由な日本人との交際を求めています。
ハリス　No、ソレハダメ。
万二郎　公使。
ハリス　……仕方ナイ、デキルダケ許ソウ。
万二郎　よかった。ヒュースケンに使いを出してください。彼はすぐに戻ってきます。
ハリス　アア。

ハリスは去る。万二郎が残る。平助が現れる。

平助　いかがでした、旦那。
万二郎　ハリスも納得してくれた。しかし、まさか善福寺が亜米利加公使館になっていたとはな。

と、辺りの様子を見る万二郎。

平助　おせきお嬢さんのことを思い出してただか。
万二郎　うるさい。
平助　その辺りの物陰からひょいとおせきさんが顔を出さないかなあ。そんな未練たらしい思いに耽《ふけ》る伊武谷万二郎であった。

万二郎　ほんと、いっぺん斬るぞ。

平助　いやいや。（と、軽くあとずさる）

そこにおせきが現れる。驚く万二郎。

万二郎　お、お、おせき殿。

おせき　伊武谷様。

万二郎　な、なぜここに、ってここはあなたの住まいか。ははははは。

平助　はははは。

一緒に笑う平助。早く去れというそぶりの万二郎。へいへいと平助、姿を消す。

おせき　お願いがございます、伊武谷様。

万二郎　なんでしょう。

おせき　わたしをここからお連れ出しください。

万二郎　え？

おせき　わたし、どうしたらいいのかわかりません。あの亜米利加人が恐ろしゅうございます。

万二郎　ハリス公使がですか？
おせき　はい。いつもギラギラとした目でわたしを見つめてきて。わたし、何かされそうで怖くて仕方ありません。

脅えるおせき。万二郎、腑に落ちない。

万二郎　本当に彼が？
おせき　はい。あの日には異人の魔性が宿っています。わたし、何か起こりそうな気がして怖いのです。どうか、わたしをこの寺から連れ出してください。
万二郎　……おせき殿、それは異人の見かけに脅えているのではないですか。髪の色も目の色も違う。慣れないと鬼か化け物のように見えてしまいます。あの男は頑固で偏屈ですが、なかなかの人物ですよ。
おせき　あなたも異人の味方なのですね。
万二郎　私は彼らの警護役です。
おせき　……それがお役目ですか、あなたの。
万二郎　これからはこの善福寺にも日参します。もし何かあれば私があなたを守る。
おせき　本当ですか。
万二郎　はい。ですからおせき殿も、異人に心を開いてください。外見で怖がらず。
おせき　……。

万二郎　まもなく通詞のヒュースケンという男もこの寺に来ます。そうすれば言葉ももっと通じ合える。また来ます。

おせき　……伊武谷様。

万二郎、まだ何か言いたげなおせきを置いて立ち去る。
道に出る万二郎。そこで待っていた平助が声をかける。

平助　またやっちまったなあ。

万二郎　うるさい。

平助　連れ出してくれって言ってるんだ。望みをかなえてやればいいではないかね。

万二郎　俺は亜米利加公使護衛役だ。その宿舎である寺の娘を勝手に連れ出すことができると思うか。

平助　だったら、家に連れ帰って祝言挙げて嫁にすりゃよかったんだ。寺の娘御を嫁にする分にゃ問題あるめえ。

万二郎　……え？

平助　思いつかなかっただか？

万二郎　かけらも……。その手があったか……。

平助　ほんとに馬鹿だなあ、旦那は。

万二郎　うるさい。

平助　お役目となればお役目ーっ、警護となれば警護ーっ！　まっすぐ睨んで一本道だ。他にも道はあるだよ。
万二郎　良庵みたいな説教をするな。ああ、俺は大馬鹿者だよ。
平助　んだんだ。
万二郎　やかましい。

等と言いながら二人、立ち去る。
物思いに沈んでいるおせきは佇んでいる。
そのまま、舞台上の時間が数日経つ。
ヒュースケンが現れる。洋装だ。ハリスのもとに戻ったのだ。
ヒュースケン、おせきを見る。

ヒュースケン　……美シイ。ナンテ美シイ人ダ。

その声にハッとするおせき。

ヒュースケン　私ハアメリカ公使ハリスノ通詞役、ヒュースケンデス。コノ寺ノ方デスカ。
おせき　……はい。
ヒュースケン　スバラシイ。ココニ来テヨカッタ。

微笑むヒュースケン。うろたえるおせき。

――暗　転――

【第八景】

お玉が池医学所。

室内。良庵がいる。卓と椅子がある。椅子に座って洋書を読んでいる良庵。と、助手が声をかける。

助手　良庵先生、お客様です。

良庵　お、お出でになったか。

助手　いえ、それが。種痘を受けたいという親子連れでして。

良庵　もうすぐ客が来るんだがな。

助手　じゃ、お断りを。

良庵　いやいや。そうはいかない。通してくれ。

と、おくるみに赤ん坊をくるみ、頭巾で顔を隠した女が入ってくる。お品である。

お互い過去に一度しか会っていないので、今は気づかない。

お品　先生、この子に種痘をお願いします。

良庵　では、その前に予診を取らせてもらうよ。
お品　予診？
良庵　まずはその子の名前と住所を。
お品　え。
良庵　名前と住所を教えてくれないか。
お品　住まいはご勘弁ください。
良庵　ダメだよ。万一感染していたら、身元が大事なんだ。
お品　もし、そちらから連絡があり、この子の父親が種痘のことを知れば、怒り狂って先生を斬り殺しに来ることでしょう。
良庵　そんなに物騒な父親なのかい。
お品　とにかく異人に関わることはすべて、蛇蝎《だかつ》の如く嫌っております。特に蘭方医は。へビやサソリ扱いか。
良庵　へビやサソリ扱いか。
お品　いいえ、それ以下で。ましてや種痘など認めるはずがありません。
良庵　わかったわかった。仕方がない。じゃ、やってあげるけど、妙な気配があったらここか、私の診療所に連れてくるんだよ。私は手塚良庵。小石川伝通院裏、三百坂の辺りだ。
お品　え……。（住所を聞いて良庵のことを思い出す）あ……。
良庵　どうした？
お品　いいえ。

良庵　……あんた、前に会ったことが……？
お品　いいえ。ありがとうございます。よろしくお願いします。（と、種痘を促す）
良庵　そうかい。じゃ、肩を出して。

赤ん坊の肩を出すお品。お湯をひたした手ぬぐいで肩をぬぐうと種痘メスで切って牛痘苗を植え付ける良庵。

良庵　よし、おしめえだ。
お品　これで？
良庵　ああ、簡単だろ。肩にあとが残れば植え付けができたんだ。あとは二、三日様子を見てなんともねえようだったら、もう二度と疱瘡にはかからねえ。
お品　……よかった。

と、玄関から陶兵衛の声が聞こえる。それを必死に止める助手の声も。

陶兵衛（声）　子連れの女がここに来ているはずだ！
助手（声）　お待ちください。今、探しますので。
お品　あ、あの男です！
良庵　あんたの旦那か。

と、助手ともつれながら陶兵衛が入ってくる。

陶兵衛　ここにいたか、お品！
良庵　……お品、あ！（彼女を思い出す）
陶兵衛　こんないかさま療治の所に、よくも無断で。
お品　いかさまではありません。これでこの子は疱瘡にはかからない。
陶兵衛　まさか、もうすませたのか。
お品　ええ、すませました。
陶兵衛　貴様、よくも勝手に。いかさまの人殺しの蘭方医などに俺の息子を。
お品　俺の息子？　あなたがいつ、何をしてくれました⁉　働きもせず、この子をかまいもせず、私をなぶり、その上、こんな時だけ父親面を！
陶兵衛　やかましい！（と刀を抜く）
お品　斬りますか。ええ、斬って。私とこの子を斬ってください。でも先生には手を出させない！

良庵、陶兵衛の顔を思い出す。

良庵　あ、思い出した。お前、親父を襲った浪人。

陶兵衛　……そうか、貴様、手塚良仙の息子か。親父も親父なら息子も息子だな。
お品　先生、逃げて。
良庵　馬鹿、逃げるのはあんただ。
お品　そうはいかない。

と、子どもを抱いて良庵と陶兵衛の間に立って良庵をかばうお品。

陶兵衛　邪魔するな！
勝　邪魔するぜい！

と、そこに勝麟太郎が現れる。虚をつかれる陶兵衛。

良庵　勝さん!!
勝　その先生は、ご公儀にとっても大事なお人でな。手を出すってんなら、この勝安房《あわの》守《かみ》が相手になるぜ。
陶兵衛　勝だと。あの異国かぶれのか
勝　おう、異国かぶれも大かぶれ。咸臨丸《かんりんまる》で海原渡った亜米利加帰りの勝麟太郎よ。
陶兵衛　この売国奴が。お前も一緒に刀の露にしてくれるわ。
勝　売国奴かも知れねえが。だからこそ、こんな物も持っている。

と、六連発のリボルバーを構える勝。

陶兵衛　短筒如き。
勝　ただの短筒じゃねえ。こいつはレボルバアっていう六連発だ。いくらお前さんの剣が速かろうと、六発連続で襲う弾丸をよけられるかね。
陶兵衛　武士なら武士らしく剣で戦え。
勝　悪いな。俺は武士だが異国かぶれなんだろう。だったら剣も銃もねえ。
陶兵衛　貴様。
勝　もっとも、ボヤボヤしてると、武士の中の武士らしい石頭のこんこんちきがやってくるぜ。
陶兵衛　なに。

そこに万二郎が入ってくる。

勝　ほら、来た。
お品　……伊武谷様。
陶兵衛　伊武谷万二郎、なぜ貴様がここに！
勝　俺が呼んだんだ。

万二郎　……貴様は。
陶兵衛　丑久保陶兵衛。
万二郎　……良仙先生、ヒュースケン、井伊大老の次は良庵か。そんなに人斬りが好きか。
陶兵衛　次は貴様だ。

陶兵衛、刀を向ける。万二郎も刀に手をかける。

良庵　陶兵衛、子どもの前で斬り合うつもりか。
万二郎　子ども。
良庵　ああ、その人が子どもに種痘を。

お品、子どもを抱きかかえている。お品を見る万二郎。お品、顔を見せないように顔を伏せる。

陶兵衛　そうだ。俺の子だ。面白いことを教えてやろう、伊武谷。そこにいる女はお品だ。
万二郎　お品？
陶兵衛　ああ、そうだ。
万二郎　そうか。

万二郎はお品に心当たりがない。平然としている万二郎が予想外の陶兵衛。

陶兵衛　お品だぞ、俺の妻は。

万二郎　……だからどうした。

ハッとするお品。万二郎は自分のことに本当に気づかないのだと悟る。

陶兵衛　とぼけるな！

お品　もういい！　やめてください！　その方は私の事など知りません!!

陶兵衛　なに!?　どういうことだ。お前はこの男と一緒になると。

万二郎　え？

お品　その方は何も、何も知らないのです！

困惑する陶兵衛。お品の言動にようやく真相を悟る。自分の独り相撲に激怒する陶兵衛。

陶兵衛　伊武谷ぁっ!!

万二郎に打ちかかろうとする陶兵衛。と、勝が銃を撃つ。脅しだ。動きを止める陶兵衛。

勝　……落ち着きな。それ以上はみっともねえぜ。

銃口を陶兵衛に向けたままだが、落ち着いた口調で言う勝。

陶兵衛　貴様はそうやって、いつまでも蘭方医や異国かぶれに尻尾を振っていろ！　いつか天誅を下す！

万二郎に捨て台詞を残して立ち去る陶兵衛。

お品　ご迷惑をおかけしました。

と、お品も去ろうとする。

良庵　あんた、どうするね。あの男のもとに戻るのかい。

お品　……。

良庵　やめた方がいい。ろくなことにはならない。

お品　……それでもこの子の父親ですから。

お品、万二郎を一瞬見つめるが、顔をそらすと駆け去る。
事態がよく呑み込めない万二郎。

万二郎　……これはどういう？
良庵　あの人は、お前が安政の大地震の時に助けたお方だよ。
万二郎　え……。
良庵　お前を命の恩人と慕って、家に訪ねてきたこともある。それが、あの陶兵衛の女房とはな。
万二郎　……そういうことか。
勝　人の世ってのは、いろいろと掛け違うもんだな。
良庵　ええ。
勝　しかし、あの大地震の時の働きが、今になっていろいろと響いてくるなあ、伊武谷くん。
万二郎　は？
勝　俺の話も、まんざらそれと関係ねえことはねえ。
万二郎　と、言いますと。
勝　ご存じの通り、俺は幕府の海軍をやってる。でもまあ海防ばかりやっててもいけねえ、当然陸軍も必要だ。戦国時代の武者合戦って時代じゃねえ。洋式訓練で統制の取れた歩兵制の軍隊がな。

万二郎　歩兵制？

勝　おう。重歩兵と軽歩兵に分けて、重歩兵は百姓農民を訓練して採用することに決まりそうだ。

良庵　百姓農民を兵隊にしようってんですかい。

勝　その人間は、知行高にあわせて各旗本に提出させる。でだ、伊武谷くん、あんたにその訓練の手本になってもらいてえ。

万二郎　私が⁉　なぜ⁉

勝　あの大地震の時、浮足だった連中をまとめて避難させた話は今でも生きてるってことだ。おまけに亜米利加公使護衛役に戻った途端、仲違いしていた通詞のヒュースケンを説得して、公使のもとに戻した。ハリス公使は大変喜んでるそうだよ。

万二郎　私はただ、やらねばならぬことを。

勝　伊武谷万二郎という男の手腕は、幕閣の間でも噂になってるんだよ。お前さんが思ってる以上にな。

万二郎　しかし、私にそんな大仕事。第一、どこから農民を。

勝　伊武谷家は府中藩永沢村を治めてたんだろ。ご先祖様は面倒見がよくて、随分と村人達に慕われてたって話じゃないか。今でも伊武谷様のためなら人肌脱ぐって連中は大勢いるって聞くぜ。

良庵　そうなのか？

万二郎　ああ、まあな。
良庵　そこまで調べてるのか……。
万二郎　しかし、私自身が洋式訓練など知りません。それが百姓に軍事訓練などできるわけがない。
勝　誰でも最初は知らねえんだ。これは統率力の問題だ。知識じゃねえ、お前さんがどれだけ腹を据えてるか。それが試されるってわけだ。
万二郎　それは……。
勝　前に幕府という大樹を自分が支えるって言ってたよな。「この日の本という大地に足を据えて生きていく」、大見得切ったのはお前さんだぜ。今こそ、その時の気概を見せる時じゃねえのかい。え、伊武谷万二郎。
良庵　……追い込むなあ、この人。
万二郎　わかった。お受け致す。
勝　そうこなくっちゃいけねえ。
良庵　大丈夫かい、万二郎さん。
万二郎　武士に二言《にごん》はない。
良庵　なら、いいが……って、いや待て。なんでこの話をここでする。
勝　よく気がついた。さすがは当代一の蘭方医、手塚良庵だ。
良庵　なんか風向きが変わったよ。
勝　おいらは二人に話があると言ったはずだ。

良庵　いやな予感がしてきた。

勝　軍隊には軍医がいる。そいつを良庵先生にお願いしたい。

良庵　ほらきた。

万二郎　ああ、なるほど。

良庵　無駄に大きな相づち打つんじゃねえよ。冗談じゃねえ。いくさは真っ平ごめんですよ。

勝　怪我に効くのは西洋医学だ。特に外科の手術、あれは漢方医じゃどうしようもねえ。それをわからせるには腕のいい蘭方医が必要なんだ。頭の堅い幕府の老いぼれどもの目を、手塚良庵、そのメス捌きで開かせてやってくれ。

良庵　ちょっと自分の言葉に酔ってません？

勝　ありがてえ、やってくれるか！

良庵　そんなこと言ってないですよ。

勝　戦場で救える命を無駄に散らせる、それを防げるのは蘭方医手塚良庵、あんたしかいねえ！

万二郎　ちょっと待ってください。この男が戦場に来るというのですか。

勝　いずれはね。

万二郎　冗談じゃない。それじゃなくても百姓を教練しなくてはいけないのです。そこにこんな軟弱な男が顔を出したら士気に関わります。

勝　兵隊の士気を気にして、怪我人の死期を早めちゃ元も子もねえよ。お。（と、嬉し

そう）

良庵　今、ちょっとうまいこと言ったと思ったでしょ。

勝　言うよ、うまいこと。俺はこの口でこの国を救うんだからな。ま、先生の方にはいずれ正式に沙汰があると思う。しっかり考えておいてくれ。

良庵　……はあ。

勝　よし。じゃあ、俺は行く。

万二郎　え。

勝　俺の用は済んだ。あ、どこかにピストルの穴が空いてるかもしれねえ。すまなかったな。

良庵　いえ。おかげで助かりました。

勝　雨漏りするようなら言ってくれ。普請の金くらいはこっちでなんとかするよ。

良庵　はあ。

勝　じゃあな、よろしく頼むぜ、二人とも。

と、帰る勝。見送る二人。

万二郎　嵐みたいな人だったな。

良庵　なんか、今日はいろいろありすぎた。

万二郎　まあ、無事でよかった。

良庵　あんたが俺を心配してくれるか。
万二郎　俺のせいでお前に何かあったら寝覚めが悪い。
良庵　しかしあのお品さんが、あの狂犬のような男のお内儀とはねえ。
万二郎　では、俺も。
良庵　ああ。（と、何事か思い出して呼び止める）いや、ちょっと待ってくれ。忘れるところだった。おせきさんはどうだった。
万二郎　……お前に何の関係がある。
良庵　相談されたんだよ、前に。善福寺が亜米利加公使館になったあと。異人が寺にいるのが不安だって。
万二郎　お前、まさか、まだ。
良庵　やめてくれ。俺はもうかみさん持ちだ。
万二郎　え。いつの間に。
良庵　あんた、ほんとに他人に興味がないね。祝言挙げた時に、あんたのお袋さんからもご祝儀もいただいたってのに。
万二郎　そうだったか。
良庵　……ひょっとして親父が死んだのも知らねえか。
万二郎　え。
良庵　やっぱりなあ。あんたのお袋さんから香典ももらったし香典返しも済ませてるぜ。
万二郎　気、気づかずすまない。

良庵　あんたに気配りを望んじゃいねえよ。ま、親父も卒中で倒れてから長かったからな。今じゃ手塚の家は俺が継いでるよ。

万二郎　そうか。

良庵　とにかくだ。だから、おせきさんにやましい気持ちはこれっぽっちもねえ。あんたが護衛役に戻るって耳にしたから、だったら万二郎さんに頼りなって言っといたんだ。

万二郎　お前がか。道理で。

良庵　会ったか、おせきさんに。

万二郎　ああ。寺から連れ出してくれと言われた。

良庵　おう、そうか。そりゃ、おせきさんも思い切ったな。で、どうした。今は、あんたの家か。

万二郎　いや。ハリスもヒュースケンもよく知れば怖くない。異人に偏見を持たず仲良くして欲しいと説得した。

良庵　あー。もう馬鹿だねえ。

万二郎　ああ、馬鹿だ。俺は馬鹿者だ。それは充分わかっている。

良庵　あんた、今でも惚れてるんだろう。

万二郎　他の女に気持ちが動いたことはない。

良庵　だったら嫁にしちまえ。

万二郎　そう気安く言うな。できるものならとっくにしてる。俺が武士である限り、あの人は……。

良庵　そういう話はね、一緒になってからおいおい片付けていけばいいんだよ。

万二郎　そうはいかん。

良庵　いくの。いくもんなの。俺がまとめてやる。善福寺の住職の娘なら家柄だって問題ねえ。お袋さんもそう言ってた。

万二郎　話したのか、母上に。

良庵　外堀をかためねえとな。

万二郎　お前は勝手なことばかり。

良庵　いいからいいから。こうでもしなきゃ、あんたら二人はいつまで経っても、たちの悪い切り傷みてえにひっつかねえ。見てて気持ち悪いんだよ。針と糸で綺麗に縫い合わせたくなる。

万二郎　いや、しかし、でも、まあ、うーん。

と、そこに平助が駆け込んでくる。

平助　旦那、万二郎の旦那。ああ、ここにいましたか。

万二郎　どうした。

平助　おせきさんが寺を出て行っちまっただ。

万二郎　なに。

良庵　お、あっちから動いたか。
平助　それが、頭を丸めて、尼になるって言って。
万二郎　尼だと。なぜ⁉　来い、平助！

と、飛び出す万二郎。続く平助。

良庵　おい、待て。

と、続く良庵。

×　×　×　×

善福寺。境内。
駆け込んでくる万二郎と平助、良庵。
万二郎、中に向かって叫ぶ。

万二郎　おせき殿！　おせき殿はいるか！

寺からは誰も出てこない。

平助　ちょっと中の様子を見てくるだ。

良庵　俺も行こう。
万二郎　俺は、向こうを探す。

平助と良庵、去っていく。
と、ヒュースケンが現れる。

ヒュースケン　オー、マンジロー。
万二郎　ヒュースケン。ちょうどよかった。この寺の娘御が家を出たという。お前、何か知らないか。
ヒュースケン　娘御？　オセキサンカ。
万二郎　そうだ。おせき殿だ。
ヒュースケン　ソレ、私モ聞イタ。トテモ驚イタ、ショックダ。何トカシテクレ、マンジロー。
万二郎　どうした。
ヒュースケン　彼女、ベリーベリー、美シイ。コノ国デ会ッタ誰ヨリモ。私、彼女ヲ一目見タ時カラ恋ニ落チタ。
万二郎　なんだと……。
ヒュースケン　デモ、ハリスサン、ソノ人トツキアウノダメダト言ッタ。彼女ノファミリー、エリート。私、トテモ我慢デキナカッタ。三日前、彼女ニ愛ヲ打チ明ケタ。信ジテクレ、マンジロー。私ノ思イ、マジメ。乱暴ナコトスルツモリ、一切ナカッタ。

話の成り行きに顔色が変わる万二郎。

ヒュースケン　私、神ニ誓ウ。ヤマシイ心ナカッタ。私、彼女、尊敬シテル。デモ、彼女、怖ガッタ。話モ聞カズ、私ヲ恐レテ悪魔ト呼ンダ。何モ話聞キイテクレズ、タダタダ逃ゲ回ッタ。私、彼女、必死デ押サエタ。彼女、私ノ腕ノ中デモガイタ。気ヅクト、私、彼女ヲ襲ッテシマッテイタ……。

万二郎　貴様……。

怒りに震える万二郎。

ヒュースケン　……私、確カニ悪魔ニナッタ。ダカラ謝リタイ。コレ、マダハリスサンニモ言ッテナイ。マンジローダカラ話ス。私、オセキサン愛シテル。結婚シテモイイ。彼女探シテ、コノ気持チ伝エテクレ。頼ム。

と、万二郎にすがるヒュースケン。

万二郎　ふざけるな!!

ヒュースケンを突き放す万二郎。その声に良庵と平助が戻ってくる。

万二郎　き、貴様が、貴様が、おせき殿を……！

ヒュースケン　確カニ、日本人ノ女性ニ乱暴シタ。ソレハ悪カッタ。デモ、私ハ本気ダ。償イタイ。私トノ結婚ガイヤナラ、オ金ヲ払ウ。彼女ト会イタイ。

万二郎　それ以上言うな！　貴様におせき殿の気持ちはわからん！　この俺の気持ちもな！

ヒュースケン　何ヲ言ウ。マンジロー、トモダチ。私達ワカリアウ。ワカリアエル。

万二郎　やかましい。貴様……、貴様……、よくも……。おせき殿は、おせき殿はなあ、俺の妻になる人だったんだ！

ヒュースケン　エ……。

万二郎　それを貴様、よくもよくも……。

ヒュースケン　フィアンセダッタノカ。結婚ノ約束ヲ？

万二郎　それはまだだ。だが、俺が心に決めた人だった。

刀に手をかけてヒュースケンににじり寄る万二郎。

ヒュースケン　悪カッタ。知ラナカッタノダ。謝ル。心カラ謝ル。許シテクレ、マンジロー。

万二郎　謝って済むものか。一人の女性の人生を無茶苦茶にしやがって。許さん!!

と、刀を抜く万二郎。

良庵　だめだ、万二郎！　斬っちゃならねえ！

と、平助がヒュースケンに飛びかかる。倒れる二人。

良庵　やめろ、平助！

平助　こいつ、旦那を撃とうとしただよ。

と、ヒュースケンの右手を上に上げる。ピストルが握られている。

万二郎　貴様……。

平助をふりほどき、起き上がるヒュースケン。

ヒュースケン　私ハアメリカ公使ノ通詞ダ。ココデ斬ラレルワケニハイカナイ。

と、周りに銃を向けるヒュースケン。

と、怒りをこらえて刀を収める万二郎。

万二郎　ヒュースケン、お前と会うのは今日限りだ。俺は警護役をやめる。

ヒュースケン　……マンジロー。

万二郎　行け！　消えろ！　斬られたくなければ、俺の前から消え失せろ！

ヒュースケン　……。

その剣幕に立ち去るヒュースケン。
呆然と佇む万二郎。声をかける良庵。

良庵　……寺の人間から聞いてきた。おせきさんは、全称寺《ぜんしょうじ》って尼寺に行ったそうだ。

万二郎　全称寺……。

駆け出す万二郎。続く平助。見送る良庵。

——暗　転——

【第九景】

麻布赤羽広小路の辺り。
闇に潜んでいる楠と陶兵衛。

橘　どうだ。
浪人1　もうまもなく。
橘　しかしあのヒュースケンとかいう通訳、少ない護衛でひょこひょことよく出かける。
陶兵衛　だからこそ、こうやって狙える。

と、人の気配がする。

橘　来たぞ。

いったん物陰に潜む陶兵衛達。
ヒュースケンが警護役の武士と現れる。

警護役　ヒュースケン殿、明日もプロシア使節のもとにお出でになるか。

ヒュースケン　アア。プロシア大使ノ通詞、日本人デハウマクデキナイ。私ガ手助ケスルヨ。日本人ノタメニ各国トノ条約作リ、手伝イタイ。ソレガセメテモノ償イネ。

警護役　償い？

ヒュースケン　イヤ、何デモナイ。私、コノ国モットヨク知リタイ。コノ頑固デ頑ナデ愚カデ、デモ、友ガイルコノ国ヲ。

と、突然、警護役に矢が突き刺さる。

警護役　ぐ！

弓を持って姿を見せる楠。陶兵衛は刀を抜くとヒュースケンに襲いかかる。

ヒュースケン　Goddamn!

と、ヒュースケン、ピストルを撃つ。が、はずれる。

警護役、矢は当たるがまだ動ける。刀を抜いて楠と立ち会う。警護役を斬る楠。

陶兵衛　夷狄の弾が当たるか！

陶兵衛もヒュースケンを斬る。

ヒュースケン　グ!!

何度も何度もヒュースケンを斬る陶兵衛。その形相、鬼気迫るものがある。

陶兵衛　見たか、伊武谷！　この！　この！

倒れるヒュースケンにまだ斬りつける陶兵衛。

楠　もういいだろう、丑久保。人に見られると厄介だ。

陶兵衛　伊武谷、貴様が護ったものは、俺が全部壊してやる。

刀を収める陶兵衛。楠と闇に消える。

×　　×　　×　　×

往来。

勝が歩く。正面から何人かの侍と一緒に山岡が歩いてくる。

通りすぎるが、勝が振り向き声をかける。

勝　あんた、山岡鉄太郎くんだね。伊武谷くんの友人の。

山岡　ええ。

勝　俺は勝ってもんだが。

山岡　勝？　あの軍艦奉行の。これは。

勝　いやいや。そんなしゃっちょこばらないでくれ。往来で声をかけるこっちが無作法なんだ。ちょいと聞きたいことがあってね。

山岡　すまんが、先に。

山岡、連れの侍達に先に行くように言う。侍達、うなずき先に行く。

山岡　聞きたいこととは？

勝　どうだい、伊武谷君の様子は。

山岡　様子ですか。最近はお互い忙しく、あまり会ってはいないのですが。

勝　伊武谷くんにまかせた歩兵組だが、なんだか人が変わったように百姓達の訓練に打ち込んでると聞いてね。何かあったのかい。

山岡　ああ。ヒュースケンが暗殺されたのが堪えたようですね。自分が警護役を辞めなければと一時期は悔やんだようです。その後悔の念を、歩兵組にぶつけているのかもしれない。

勝　あいつらしいな。

山岡　あの男、気持ちはまっすぐなのに、なぜか行動はあっちに行ったりこっちに行ったり、危なっかしくて仕方がない。いや、まっすぐゆえに周囲とぶつかるからか。

勝　まったくだ。

山岡　今度こそ、まっすぐ進めればいいのですが。

勝　そうだな。いや、ありがとう。呼び止めて悪かったな。

山岡　こちらこそ。

勝　……そういえば山岡君、確か今は浪士組の取締役だったな。

山岡　ええ、このままではこの国は異人達の好きにされてしまいますから。

勝　……攘夷断行か。一緒にいたのは清河八郎《きよかわはちろう》くんだよな。彼が君達を煽って、いや導いているんだな。彼は才人だなあ。才が立つ故に才に溺れるところがあるが。

山岡　(笑う)清河先生も同じ事を言ってましたよ、あなたのことを。

勝　いやいや、俺は才よりも口だから。

山岡　なるほど。ですが、その口が災いを呼ぶこともある。すこし気をつけられた方がいい。

勝　斬るかい。洋行帰りの異人かぶれの軍艦奉行を。

山岡　さて、どうでしょう。

勝　おっかねえなあ。せいぜい気をつけようか。あと一つ。差し出口かも知れねえが、浪士組もいいが、あんたはもっと大きな仕事ができると思うぜ。

山岡　え。
勝　ま、気に入らなきゃ災い呼ぶ口の余計な言葉と聞き流してくれ。じゃ。

と、言い放つと立ち去る勝。

山岡　……何なんだ。

言い放題の勝に呆れると、仲間のあとを追う山岡。

×　×　×　×

三百坂。万二郎の家の前。旅姿の良庵と、おとねがいる。

良庵　では、行って参ります。
おとね　なにとぞ万二郎のことよろしくお願いいたします。
良庵　ご心配なく。軍医としてしっかり診てきますよ。
おとね　あの子がお役付きになるとは。伊武谷家の誉れです。
良庵　真忠組《しんちゅうぐみ》ですか、房州で無法を働いている浪人どもの征圧です。本格的な軍事訓練を積んだ歩兵組なら、さほど手間はかからんでしょう。
おとね　そう願っております。
良庵　……あの、嫁取りの件、すみませんでした。

おとね　おせき殿のことですか。あの人が全稱寺に入ってから、万二郎も何度か通ったようですが。

良庵　やっぱり会えなかった?

おとね　そのようです。

良庵　なかなかうまくいかんですなあ。

ため息をつく良庵。会釈をすると旅立つ。見送るおとね。

×　×　×　×

上総国《かずさのくに》。

万二郎率いる歩兵組がずらりと並んでいる。平助もいる。

先頭に立つ万二郎。指揮官用の陣羽織をつけている。

万二郎　いいか、敵は真忠組。攘夷派にそそのかされたならず者達の寄せ集めの集団だ。きちんと訓練を積んできたお前達の敵ではない。

歩兵組　おう!

万二郎　歩兵組の強さ、見せてやれ。かかれ!

歩兵組が襲撃する。

平助他、三名の歩兵組兵士が残っている。

万二郎　どうした。

平助　こいつら、どうも気が進まねえらしい。

万二郎　なに。

兵士1　あっちの連中も元は百姓や漁師だっていうではねえか。

兵士2　おら達、夷狄と戦うために訓練してきただ。同じ百姓相手じゃねえ。

万二郎　この期《ご》に及んで何を言うか。

兵士3　でも、おら達戦いたくねえ。

万二郎　行け。行かないと貴様ら死罪だぞ。

兵士1　なんでだ。

万二郎　敵を前にして兵士が逃げては軍隊はなりたたん。行け、戦え！　戦わねば斬る！

と、平助が万二郎の前に立つ。

平助　旦那、それはあんまり面白くねえだ。

万二郎　平助、お前まで。

平助　いくさの前に味方を斬ってどうなさる。

万二郎　しかし、それでは示しがつかん。

平助　勝ちゃあいい。勝てば文句言われねえだ。こいつらの分まで戦えばいい。

万二郎　お前がこやつらの分まで戦うというのか。
平助　おらと旦那がな。
万二郎、一息吐くと、兵士達から敵に向かって身体を向け直す。
万二郎　お前達三名、たった今、歩兵組から除名する。
兵士達　え。
万二郎　クビだと言ってるんだ。貴様達などいなくても歩兵組は勝つ。行くぞ、平助！
平助　へい！
三人を残して万二郎と平助、突撃する。
真忠組と歩兵組の戦闘。
真忠組はあっという間に潰滅し、逃げる楠音次郎。真忠組の頭目格の一人だったのだ。
彼を追い詰めている万二郎。
万二郎　待て。貴様が真忠組の頭目か。
楠　……貴様は伊武谷。まさか貴様に追い詰められるとはな。
万二郎　……お前、良仙先生を襲った攘夷浪士か。

楠　面白いな、丑久保が散々狙った貴様とわしが、ここで死合うことになろうとは。
万二郎　丑久保陶兵衛か。奴はどうした。
楠　さあな、真忠組のやり方は性《しょう》に合わぬとどこかに去ったわ。
万二郎　当然だ。攘夷攘夷を唱えるが、その本当の姿は武士にあるまじきゆすりたかりの仕業だ。
楠　そうかな。真忠組の大半は百姓や漁師のなれの果て、あぶれ者食い詰め者の集まりだ。世直しの名の下に、侍も百姓も漁師もあぶれ者もみんな平等に名字をつけて差別しないで扱った。
万二郎　だが、お前達はこの辺りの商人《あきんど》や網元から金を強引に巻き上げた。その被害届がご公儀に届いたから俺達が差し向けられたのだ。
楠　この土地の金持ちどもからの被害届がな。
万二郎　だがその金持ちに対して乱暴狼藉、力で脅していたのは確かではないか。平等などお題目。所詮、金が目当てだろう。
楠　違うな、伊武谷。金こそが平等なんだよ。侍も百姓も町人も、幕府も雄藩も朝廷も、どこがどれだけ金を持っているか、世の中の力を決めるのはそれだけだ。
万二郎　それでも武士か。
楠　さて、どうだろうね。ま、最後は刀で決しようというところは、まだ武士の血が残っているのかもしれないな。
万二郎　名を聞いておく。

楠　楠音次郎。来い、伊武谷。お前を倒して俺は金に生きる。

と、刀を構える楠。

万二郎　そんな汚《けが》れた剣で俺が倒せるか。

二人、斬り合う。楠、腕が立つ。が、万二郎の剣が楠に決まる。倒れる楠。

万二郎　……やった。

大きく息を吐いている万二郎。そこに良庵が歩兵組の兵士に指示しながら現れる。

良庵　怪我人は宿舎に運び込め。敵味方かまわねえ。怪我人はみんな治療する。

倒れている楠の様子を見る良庵。両手を合わせる。

万二郎　かつて良仙先生を襲った攘夷派だ。それが廻《めぐ》り廻って真忠組を束ねる立場になっていたようだ。

良庵　なあ。万二郎さん。これがほんとにあんたが言ってた道かい。倒れかけている幕府

万二郎　という大樹を支えるっていう。何が言いたい。
良庵　お前が訓練した百姓が、この土地の百姓を殺す。それでいいのかい。
万二郎　……だったらどうしたらいい。俺に何ができる。

万二郎、遠くを見る。
ヒュースケンの幻が通りすぎていく。

万二郎　……ヒュースケン。

彼の幻が消える。と、今度は尼になったおせきの姿が浮かび上がる。

万二郎　……おせき殿。

彼女の幻も消える。自分の悔いを振り払うようにかぶりを振ると言い放つ。

万二郎　俺は徳川家より禄を受けている。だから徳川のお家を護る。徳川という腐りかかった木に俺の命を注いで蘇らせる。お前が命を賭けて病人を治すようにな。怪我人の治療、頼んだぞ。……敵味方関係なくな。

良庵　心得た。

うなずく良庵、立ち去る。

一人佇む万二郎。闇が彼を包む。

時間と場所が飛ぶ。

万二郎の前に立つ幕府の上使。

上使　伊武谷万二郎、その方《ほう》歩兵組隊長を解任し謹慎を命ずる。

万二郎　何故ですか!?　私は真忠組との戦いで歩兵組を率いて勝利に導いた。しかも、敵の首魁《しゅかい》をこの手で討ち果たしました。処罰を受ける謂われはない！

上使　その方、敵と通じていたとの疑いがある。

万二郎　まさか。

上使　真忠組の頭目と親しそうに話をしていた。

万二郎　たまたま古い知り合いだっただけだ。

上使　真忠組の者まで治療するように命じた。

万二郎　それは見るに見かねて。

上使　あまつさえ、歩兵組の兵士の脱走を見逃した。

万二郎　その方が士気が上がると。

上使　言い訳は無用！　脱走兵は捕らえて処罰した。

万二郎　処罰⁉
上使　当然、斬首の刑である。
万二郎　打ち首⁉　それは酷すぎる！
上使　黙れ！　貴様も謹慎で済んだだけ有難く思え！

上使去る。
愕然とする万二郎。

万二郎　これがお上のやり方か……。

今度は良庵と平助が現れる。

良庵　大丈夫か、万二郎さん。
万二郎　俺の方が先に軍を抜けるとはな
良庵　歩兵組の連中をあんたはよく訓練した。お前さんの働きを妬んだ奴がいたんだろうって噂だぜ。
万二郎　では誰かが讒言《ざんげん》を。
良庵　出る杭は打たれる。それが今の徳川様の政《まつりごと》なのかもな。
万二郎　……くだらん。

良庵　俺は西国《さいごく》に行くぜ。長州征伐だそうだ。
万二郎　軍医を続けるのか。
良庵　乗りかかった船だからな。なかなか下ろしちゃくれねえ。
平助　心配なさるな。わしが良庵先生を護るだよ。
万二郎　お前達、俺の謹慎が自分達のせいだと思ってないか。
良庵　え？
万二郎　俺の分まで働こうなんて思ってるんなら、それはお門違いだぞ。
良庵　誰がお前さんのためにそんな。
平助　旦那、それは思い上がりだに。
良庵　幕府のために働くとなると、かみさんがやたらに喜んでな。それでこそ手塚家の誉れとうるさいんだ。
万二郎　死ぬなよ、良庵。
良庵　もちろんだ。俺は怪我人の治療に行くんだ。てめえが怪我するくらいならとっとと逃げ帰るよ。

二人、闇に消える。
万二郎、佇む。
彼の背後に江戸に住む人々が現れ、世の動きを口にしていく。

町人1　大変だ、幕府軍が長州軍に負けちまったぞ。
町人2　公方《くぼう》様が政を朝廷にお返しするらしい。
町人3　大政奉還、だとさ。
町人4　また、いくさだ。徳川様が薩摩と長州と戦うぞ。
町人5　大変だ。鳥羽伏見で幕府軍が負けちまったぞ。公方の慶喜《よしのぶ》様は大坂城から逃げ帰ったらしい。このまま幕府は降参するぞ。
町人6　慶喜様がお城を出られて上野輪王寺《りんのうじ》に行かれるらしい。

万二郎、その言葉に矢も楯もたまらず動き出す。山岡が現れる。

山岡　なんだい、話ってのは。
万二郎　……山岡さん、俺は人を斬ろうと思う。
山岡　なに。
万二郎　やっとわかった。今の幕府を救うには、シロアリは駆除しなきゃだめだ。上様が城を出られるのも日和見主義の佞臣《ねいしん》どもの讒言だろう。俺はそいつらを斬って、勝さんを大老に据える。勝さんなら薩長と真っ向からやりあえる。
山岡　お前一人でそんなことできるのか。
万二郎　俺には歩兵組がいる。俺のためなら命を捨ててくれる奴らだ。

そこに勝も現れる。

勝　ばかやろう！　思い上がりもいい加減にしろ！
万二郎　勝さん。
勝　さっきから聞いてりゃ好き勝手。歩兵組はおめえのもんか。違うだろう、幕府がこの国を守るために作ったもんだろうが。
万二郎　だから、そのために決起を。
勝　はき違えんなよ、伊武谷。上様は誰かに言われて城を出たんじゃねえ。自分の考えで身を退かれたんだ。いや、逃げ出したって言った方がいい。
万二郎　上様自ら⁉
勝　ああ、この日本を支えることを、自分の手でお捨てなさったんだ。
万二郎　嘘だ、嘘に決まってる！
山岡　嘘じゃない。
勝　幕府という大木を最後にへし折ったのは、慶喜様ご自身なんだよ。
万二郎　……そんな。だったら、だったら、俺は何をすれば。
勝　今は江戸を救うことだな。
山岡　このまま行けば、薩長軍がこの江戸に乗り込んでくる。
万二郎　わかった。だったら戦う。ただで江戸を明け渡してたまるか。徳川軍の力、薩長の田舎者達に見せてやる！

勝　ばかやろう！　もう一遍言うぞ。ばかやろう！

と、怒る勝。

勝　幕府と薩長がまともに戦ってみろ。江戸八百八町まるごと火の海だ。おめえはそこに生きてる人間皆殺しにしてえのか。

万二郎　だったらどうしろと。

勝　江戸城は明け渡す。ただし慶喜様の首は渡さねえ。徳川のお家は守る。

山岡　そのための交渉を、勝先生は必死になさってるんだ。

勝　山岡君には俺の手紙を西郷に届けてもらう。

山岡　薩長軍の陣営に乗り込むのさ。そのために命を賭けるのなら惜しくはない。

勝　どうだ、伊武谷くん。お前さんも一緒に行ってみるか。

万二郎　なに。

勝　徳川と江戸八百八町の人々の命運、その肩にのっけて薩長軍とやりあえるかい。ただし、平和の使者としてだ。絶対にその刀を抜いちゃいけねえ。

万二郎　……私は行けません。何があっても刀を抜かない。そうは約束できない……。

勝　そうかい。じゃあ仕方ねえ。

万二郎　……御免。

万二郎、頭を下げると立ち去る。

勝　……惜しいなあ。もう少し、自分を騙すことができたらなあ。
山岡　それができたら、伊武谷万二郎ではないのかもしれません。
勝　そうかもな。

勝と山岡、闇に消える。
江戸の街をさまよう万二郎。その間に再び時間が過ぎてゆく。

町人1　薩長軍が箱根を越えたぞ。
町人2　徳川のお侍達の中には迎え撃つって連中もいるらしいぞ。
町人3　彰義隊《しょうぎたい》の連中だってよ。上野の山に立て籠もってるとか。
町人4　いよいよ江戸でもいくさが⁉

騒ぐ江戸の人々。
万二郎、自分の刀を見つめ、再び歩き出そうとする。
そこにおとねが現れる。

万二郎　母上。江戸はこのあとどうなるかわかりません。お逃げになった方がいい。

おとね　伊武谷家は代々この江戸で暮らしました。今更どこへ逃げるというのですか。
万二郎　……申し訳ありませんでした。徳川様の大事《だいじ》のこの時に私は何の働きもできなかった。
おとね　それがお上の命ならば仕方ありません。
万二郎　私はふがいない。
おとね　でもね、万二郎。母は嬉しかったのですよ。あなたが家にいてくれることが。あなたは苦しかったでしょうが、お上の沙汰を私は嬉しく思っていたのです。
万二郎　それは……。
おとね　……出かけるのですね。
万二郎　ええ、ちょっと所用で。
おとね　でしたらこれを着て行きなさい。

と、風呂敷包みを出す。中には羽織。

万二郎　羽織ですか？
おとね　ええ。
万二郎　これは……。
おとね　どうしてもあなたにこれを着せたかった方がいるのです。いえ、母も着てもらいたい。

その羽織、かつてお品が持ってきたものだ。

万二郎　わかりました。

羽織を受け取る万二郎。

――暗　転――

【第十景】

慶応四年。
薩長軍が攻めてくるという噂に、江戸は騒然としている。
万二郎の家の前。良庵がいる。

良庵　すいません、良庵です。

おとねが出てくる。

おとね　先生、ご無事でしたか。
良庵　ええ、なんとか。ちょっと身体を壊しちまって、ご挨拶が遅くなってすみません。
おとね　大変だったのでしょう、薩長との合戦は。
良庵　まあ、私は治す方だったんでそこまでは。でもまあ、いけませんね、いくさは。もうこりごりですよ。軍医のお役も辞めてきました。あの、万二郎さんは。
おとね　……出かけました。
良庵　いつお戻りに。

おとね　……。
良庵　……ひょっとして、上野のお山に。
おとね　……。
良庵　そうなんですね。なぜ、行かせたんです。
おとね　私が行かせたくて行かせたと思ってるんですか。
良庵　だったら止めりゃあいい。
おとね　武士らしく生きよ。死んだ父親はただそれだけをあの子に教えていました。武家には武家の意地があります。
良庵　わかりました。（行こうとする）
おとね　どちらに。
良庵　あいつとは喧嘩友達だったんです。このまま悪態の一つもつかずに今生《こんじょう》の別れなんて、寂しすぎますんでね。じゃ。

駆け去る良庵。
手を合わせ、その背中に深々と頭を下げるおとね。

×　×　×　×

全稱寺。
羽織を着て、その下に胴をつけた万二郎が尼姿のおせきと話している。

万二郎　……ありがとう。会ってくれて。
おせき　最後のお別れにと聞きましたので。江戸を発たれるのですか。
万二郎　……いえ、上野の山に。
おせき　まさか、彰義隊ですか。
万二郎　……はい。
おせき　なぜそのようにお命を粗末になさいます。お江戸のいくさが避けられて、みな、安堵しておりますのに。
万二郎　……先日、勝安房守様に、大切な大切なお役目を頼まれました。この江戸が火の海になるかならないかが決まるという大きな大きなお役目です。ただ、そのお役目には一つ、絶対に守らなければならないことがあった。どんなことがあっても刀を抜いてはならない。人を斬ってはならない。
おせき　それは……。
万二郎　あなたにできなかった約束を、私は今度もできなかった。
おせき　……なぜですか。徳川の世は終わります。世の中は変わるというのに。
万二郎　武士には武士の、いえ、人には人の意地があります。
おせき　そのような意地は捨て、もっと命を大事にしてなさってください。
万二郎　それはあなたのお気持ちですか。

万二郎、おせきを見つめる。おせき、目を伏せる。

おせき　……御仏《みほとけ》の教えです。

万二郎　……その命があれば、またお目にかかります。あなたの期待に添えない男で申し訳ありません。

一礼すると踵を返す万二郎。歩き出す。

おせき　伊武谷様。

おせき、その背中に声をかけるが万二郎は振り向かない。
おせきの姿が消える。
と、万二郎の前方に現れる平助。

平助　旦那。

万二郎　平助。生きていたか。

平助　へえ。何度か死ぬ目に会いましたが。良庵先生ともども傷を負って、しばらく養生してましただ。

万二郎　良庵もか。

平助　でも、ご無事ですだ。江戸に戻っておりやす。

万二郎　そうか、それはよかった。
平助　旦那は今からいくさですか。
万二郎　ああ。
平助　では、ご一緒しますかね。
万二郎　やめろ。せっかく拾った命だ。今更捨てることはない。
平助　旦那は捨てにいくのかね。
万二郎　むざむざ死ぬつもりはない。だが、無様な真似をさらさない覚悟はある。
平助　だったら、かまわねえ。

と、平助、万二郎のあとをついていく。
二人が話している間に、上野の彰義隊の陣地に着く。
戦いが一段落したところ。負傷者は手当を受けている。
彰義隊隊士の一人に声をかける万二郎。

万二郎　私は徳川家ゆかりの伊武谷万二郎と申す。彰義隊にお力添えしたく参上した。
隊士1　これはかたじけない。さ、こちらに。

と、招き入れる隊士。

隊士1　今は戦闘も小休止。薩長軍も陣営を建て直しているようだ。いずれ総攻撃が来る。それまで一息つかれよ。

負傷者の手当や食事などの世話をしている町人もいる。

隊士1　志《こころざし》のある町の者が、こうやって手鍋で手伝ってくれている。この者達のためにも、薩長の田舎者達に江戸を好きにはさせられん。

万二郎　確かに。

平助　ちょっと辺りの様子を見てきますだ。

と、平助は去る。

と、適当な場所に腰掛ける万二郎。町人の女性が万二郎に水を差し出す。お品である。

お品　伊武谷様、お水を……。

万二郎　ありがとう。……なぜ私の名を。

万二郎、お品の顔を見て彼女に気づく。

万二郎　あんたは確か、丑久保陶兵衛のお内儀。
お品　……。
万二郎　なぜここに。陶兵衛はどうした。
お品　わかりません。すでに幾年も知らせはなく。
万二郎　お子は。お子がいただろう。種痘を受けに連れてきた。
お品　とうに信頼できる方に預けております。あたしどもが育てるよりはよほどいい。
万二郎　お内儀……。
お品　お品です。ここは江戸の町がよく見える。どうせ死ぬならこういう場所がいい。
万二郎　お品殿、あなた、ここに死に場所を求めて来られたのか。
お品　……今日も江戸は燃えています。あの日、伊武谷様が私を助けてくれた大地震の日のように。
万二郎　……。
お品　その着物、着ていただけたのですね。
万二郎　これは、あなたが……。
お品　（うなずく）今日だけでいい。あなたのそばで過ごさせてください。
万二郎　……。

そこに平助が戻ってくる。

平助　旦那、どうも様子が妙だ。
万二郎　どうした。
平助　薩長の連中、随分後退してこっちの様子を伺ってる。なんか起こりそうな気がする。

と、突然、辺りが爆発する。砲撃だ。
連続して爆発。陣地が火の手に包まれる。

×　×　×　×

江戸の街。
良庵が上野を目指している。と、たまたま通りがかった勝が声をかける。

勝　良庵先生じゃねえか。
良庵　勝さん。
勝　どうしたい、血相変えて。そっちは危ねえぜ。上野で彰義隊と薩長軍が一戦やらかしてる。
良庵　だったら急がねえと。あそこに万二郎がいるんですよ。
勝　伊武谷が。そうか、その道を選んだか。仕方ねえなあ。世の中は変わるってえのに。
良庵　ほんとですか。ほんとに変わりますか。今まで徳川が治めていた世が薩長に入れ替わる。ただ首がすげ変わるだけじゃないんですか。
勝　そうならねえように頑張ってきたつもりだがね。

良庵　なら、いいんですが。

と、砲撃の音が聞こえる。

良庵　あれは。
勝　あー、始まっちまったなあ。薩長軍の砲撃だ。本郷台からの長距離射撃だから、彰義隊も手も足も出めえよ。
良庵　本郷台から上野。そんな距離が。
勝　アームストロング砲って新型だ。
良庵　いけねえ。

行こうとする良庵を止める勝。

勝　やめろ、お前さんまで死ぬぞ。伊武谷は死に場所を求めてるんだ。あんたが巻き添いになることはねえ。
良庵　あいにく、死にそうな奴を生かすのが医者の務めでしてね。
勝　しかし。
良庵　勝さん、あんたの働きはてえしたもんだ。海軍伝習所、咸臨丸渡米、江戸城無血開城。あんたの仕事はきっと歴史に残る。でもね、こちとらしがねえ蘭方医だ。万二郎にいたってはあっちぶつかりこっちぶつかり、曲がったことが嫌いなだけの石頭のこんこんちきだ。歴史に残るわけがねえ。残りはしねえが、それでも何かを成そうとあがく男の気持ちは、あんたにはわかりませんよ。

一気にまくしたてる良庵の言葉を噛みしめる勝。

勝　……良庵先生。このいくさが終わったら、また三人で一杯やろう、そう伊武谷に伝えてくんな。例のあの狂い咲きの桜の下で。

良庵　あの木はとっくに倒れてますよ。

勝　なに。倒れてようが朽ちてようが、桜は桜だよ。

良庵　ええ。

良庵、うなずくと駆け去る。

×　　×　　×　　×

薩長軍の砲撃は続く。

爆発の中、お品をかばって逃げる万二郎と平助。薩長軍の兵士が襲ってくる。万二郎と平助、それを斬り抜けて逃げる。

いつしか、以前狂い咲いていた桜の根の辺りに来る。

万二郎　大丈夫か、お品殿。
お品　はい。
万二郎　薩長の奴らは。
平助　まだ追ってきますだ。まったくしつこいだ。

と、駆け込んでくる一人の長州の兵士。

陶兵衛　逃がさんぞ、伊武谷！

その長州兵、丑久保陶兵衛である。

万二郎　……貴様、丑久保陶兵衛か。
陶兵衛　お前のことだ。きっといると思ったぞ。
万二郎　その姿、薩長軍か。勝ち馬に乗ったな、陶兵衛。
陶兵衛　やかましい。俺はあくまで異人を斬る。それにふさわしい場所を探すだけ。長州は一国で英吉利《エゲレス》に戦争を仕掛けた。そこに与して何がおかしい。
万二郎　それが貴様なりの筋か。
お品　そんなことのために私達を。あなたはどこまでも身勝手な。

と、二人の間に割って入るお品。彼女に気づく陶兵衛。

陶兵衛　お、お前、お品。なぜ、伊武谷と一緒なのだ。

お品　伊武谷様は、お江戸を守ろうとなさっているのです。あなたはどうなのですか。またこの江戸を焼こうというのですか。

陶兵衛　やかましい。子どもはどうした。

お品　死にました。

陶兵衛　貴様。

お品　何を驚きます。一切知らせをくれなかったあなたが今更父親面ですか。手前勝手もいい加減にして。

陶兵衛　許さん！

と、お品を斬ろうと襲いかかる陶兵衛。万二郎が陶兵衛の剣を受ける。

万二郎　やめろ、陶兵衛！

陶兵衛　邪魔するな！

万二郎　お前の子どもは生きている。お品殿は、お前を怒らせて、わざと斬られようとしてるんだ！

陶兵衛　なに⁉

万二郎　この人は死に場所を求めて上野に来た。俺はたまたまそこで出会っただけだ。
陶兵衛　お品、お前は。
お品　万二郎様。なぜ？
万二郎　無駄な殺し合いはやめて子どものために生きろ。

以下、剣を交えながら会話する二人。

陶兵衛　貴様にだけは言われたくはない。
万二郎　俺は結局なんにも残してない。お前には子どもがいる。陶兵衛。お前の勝ちだ。
陶兵衛　そんな勝ちになんの意味がある。
万二郎　その意味を見つけろと言ってるんだ！
陶兵衛　やかましい!!

刀を振り下ろす陶兵衛。受ける万二郎。
と、そこに薩長軍の兵士達が現れる。
それまで万二郎達の様子を見ていた平助が気づき、声をかける。

平助　旦那、援軍が！
万二郎　ぬ!?

と、万二郎が気をそらしたところに陶兵衛の斬撃。万二郎、刀で受けるがその刀が折れてしまう。

万二郎　く！

打ちかかる陶兵衛。体を交わしてよける万二郎。二人の距離が離れる。鉄砲兵が万二郎を狙う。気づくお品。

お品　万二郎様！

と、お品が飛び出すのと、薩長兵の中の鉄砲兵が万二郎目がけて銃撃するのが同時。飛び出したお品に弾は命中する。

陶兵衛　お品！
万二郎　お品殿！

倒れるお品。

陶兵衛　貴様ぁぁっ！

逆上した陶兵衛、鉄砲兵に襲いかかる。

薩長兵を斬り倒していく陶兵衛。

薩長兵1　な、なんだ！

薩長兵2　裏切りか⁉

薩長兵3　かまわん、斬れ斬れ！

薩長兵も陶兵衛に反撃。傷だらけになる陶兵衛。致命傷を受け倒れる。

万二郎　陶兵衛！

と、平助が自分が持っていた刀を万二郎に渡す。万二郎、その刀で薩長軍に斬り込む。陶兵衛が手傷を負わせていたこともあり、全員を倒す万二郎。

そこに駆けつける良庵。

良庵　万二郎さん！

万二郎　良庵、お品さんが撃たれた。

良庵、お品の様子を見る。
万二郎自身は陶兵衛の様子を見る。

良庵　大丈夫、急所ははずれてる。
万二郎　しっかりしろ、陶兵衛。お品殿は生きてる。

陶兵衛は息も絶え絶えである。

陶兵衛　……そうか。伊武谷、勝ったのは俺か……。
万二郎　ああ、お前だ。
陶兵衛　あとは、貴様を……斬れば……。

と、そこで息絶える陶兵衛。

万二郎　陶兵衛！　陶兵衛!!

平助、陶兵衛に手を合わせる。
万二郎、平助に刀を返す。そのあとお品の様子を見る。

万二郎　お品殿。しっかりしろ、お品殿。

万二郎を見るお品。

万二郎　陶兵衛は最後にあなたを守った。そのあなたが死んじゃいけない。わかりますか。

お品　……伊武谷様。

万二郎　俺も、あなたには生きていて欲しい。

お品　……はい。

万二郎　良庵、あんたの腕信用するぞ。この人だけは必ず生かしてくれ。

良庵　まかせろ。

万二郎、着ていた羽織をお品にかけると立ち上がる。折れた自分の刀を拾うと、桜の根の辺りに突き刺す。笑いだす万二郎。

万二郎　みろよ、この根っ子。あっちこっち根を伸ばしちゃ曲がりくねって。きっとまっすぐ伸ばしたかったろうに、いろいろと邪魔なもんにぶつかったんだな。

良庵　でもな、曲がってる分だけしっかり地面に根を張ってる。

万二郎　え。

良庵　勝さんが言ってたぜ。折れても朽ちても桜は桜だと。
万二郎　ああ、確かにその通りだ。
良庵　もう一度、ここで酒を呑もうとも。
万二郎　……そうか。

その言葉に否定の響きを感じる良庵。

良庵　……行くのか。
万二郎　ああ。
良庵　どこに。
万二郎　わからん。武士の時代は終わる。だが、俺の道もまだどこかにきっとあるはずだ。あっちこっち曲がりくねってもその分、地面に根を張ればな。
平助　お供しますだ、旦那。
万二郎　いいのか。
平助　ああ、むしろここからが面白くなりそうだ。
万二郎　本当に変わった奴だな、お前は。

万二郎に声をかける良庵。

良庵　何も残さなかった奴は何も残さなかったんじゃねえ。何も残さないってことをしっかり残してるんだ。この根っ子のようにね。俺は、そう思う。

万二郎　その言葉、肝に銘じるよ。

良庵にうなずく万二郎。
そのあと、陶兵衛の亡骸に手を合わせると、彼の刀を拾いじっと見つめる。そして、自分の鞘に収める。

万二郎　行くぞ、平助。出立《しゅったつ》だ！

万二郎、前を見つめる。
そこに何があるのか、それはわからない。わからないが、前に進む。
それを見送る良庵とお品。
陽だまりの樹を守ろうとした男の物語は、こうして語り継がれていく。

〈新　陽だまりの樹〉　―終―

あとがき

物心ついた時には手塚マンガを読んでいた。

最初はご多分にもれず『鉄腕アトム』だ。「少年」という月刊マンガ誌に連載されていたのを読んだのとテレビアニメと、どちらが先だったろう。

当時はまだ貸本屋が隆盛で、そこで「少年」も借りたし、『アトム』のコミックスも借りた。短編もよかったが、『史上最強のロボット』編や『ロボイド』編など多くのロボットキャラが出てくる長編シリーズが好きだった。

最初に買ってもらったコミックスもB5判という雑誌サイズの『鉄腕アトム』だった。

手塚マンガなら間違いなく面白い。幼少時はそう思っていた。

時代の流れ、自身の成長の中でシンプルにそうとは言いきれなくなるが、それでも、手塚治虫という存在が教えてくれた物語の面白さというものは、自分の奥底にしっかりと根付いている気がする。

その手塚さんの作品を舞台化することになろうとは夢にも思わなかった。

『陽だまりの樹』は過去何度か舞台化されている。

これだけの長編を3時間程度の芝居にするということに、みなさんそれぞれ工夫をなさっている。

今回自分がやる上でどうすればいいかと考え、思い切って伊武谷万二郎を中心に据えようと決めた。

良庵と万二郎、二人の男の対比があるからこその『陽だまりの樹』だとは思ってはいるが、限られた時間の中で一つの物語を語るためには、さらに言えばこれまでの『陽だまりの樹』の舞台と差別化するためには、これくらいの決断が必要ではないか。

幸いプロデューサーや演出の宮田さんもこの考えを支持してくれたので、思い切って踏みきってみた。

このプランにOKを出してくれた手塚プロダクションのみなさんに感謝する。

自分は自分なりに『陽だまりの樹』という原作に敬意を払い、その根っ子に流れる物をすくい上げたつもりだが、その可否はもう、舞台を観ていただいた方、この戯曲を読んでくれた方に委ねるしかない。

少しでも気にいっていただけたら幸いです。

二〇二〇年二月某日

中島かずき

◇上演記録

『新 陽だまりの樹』

【登場人物】

伊武谷万二郎……上川隆也

手塚良庵……中村梅雀

丑久保陶兵衛……葛山信吾
お品……緒月遠麻
おせき……山田菜々

ヒュースケン……佐野大樹
山岡鉄太郎……森山栄治
楠音次郎……鷲尾 昇
平助……土屋佑壱
手塚良仙・ハリス……朝倉伸二
おとね……斉藤レイ

警護役・佐々木……鈴木健介
奉行所役人・石田……幸村吉也
おつる……伊藤あいみ
料亭の女中……山下真実子
芸者……下あすみ

ならず者一……望月祐治
ならず者二……高田紋吉
薩長兵三……樋口夢祈
医学所の助手……太田達也
薩長兵二……生谷一樹
ならず者三……澤田圭佑

勝麟太郎……風間杜夫

【スタッフ】
原作：手塚治虫
脚本：中島かずき
演出：宮田慶子

音楽：村井秀清
美術：中越 司
照明：眞島三夫
音響：菊地 徹
音響：石金慎太朗
殺陣：芹澤 良
振付：芳睦宣州
演出助手：齊藤理恵子
舞台監督：中村信一

照明：東京舞台照明
音響：東京音響通信研究所
衣裳：松竹衣裳
床山：太陽かつら店
床山：かつらヤマサ屋
演出部：ライトワーク

協力：ゼロライトイヤーズ　オフィスカザマ　土屋企画　ＣＥＳエンタテイメント
ＡＣＴＪＰエンターテイメント　Ｓｈｏｗｔｉｔｌｅ　ＷＢＢ　サンミュージック
プロダクション　トルチェ　ワタナベエンターテイメント　オフィスＰＳＣ
レディバード　サーブプロモーション　バイツ　ＰＵＭＰ×ＥＡＲＴＨ　スター
ビートエンターテイメント

制作：前田三郎（キョードーファクトリー）
辻田恵美子（キョードーファクトリー）
竹澤寿之（キョードーファクトリー）
前島依子（キョードーファクトリー）
票券：緑川明美（キョードーファクトリー）
宣伝：雲林院康行（キョードーメディアス）
佐藤知子（キョードーメディアス）

企画制作：キョードーファクトリー

企画協力：手塚プロダクション

【東京公演】東京建物 Brillia HALL（豊島区立芸術文化劇場）
２０２０年４月３日（金）～19日（日）
主催：テレビ東京／読売新聞社／ぴあ／キョードー東京／キョードーファクトリー
協力：豊島区／豊島区教育委員会／としま未来文化財団／豊島区観光協会
協賛：東京建物

【福岡公演】福岡市民会館
２０２０年４月28日（火）
主催：ＲＫＢ毎日放送／ピクニック／陽だまりの樹製作委員会

【熊本公演】熊本城ホール
２０２０年４月30日（木）
主催：ＴＫＵテレビ熊本／ピクニック／陽だまりの樹製作委員会

【大阪公演】新歌舞伎座
２０２０年５月８日（金）～10日（日）
主催：新歌舞伎座

【名古屋公演】愛知県芸術劇場大ホール
２０２０年５月16日（土）～17日（日）
主催：テレビ愛知／キョードー東海／陽だまりの樹製作委員会

中島かずき（なかしま・かずき）
1959年、福岡県生まれ。舞台の脚本を中心に活動。85年4月『炎のハイパーステップ』より座付作家として「劇団☆新感線」に参加。以来、『髑髏城の七人』『阿修羅城の瞳』『朧の森に棲む鬼』など、“いのうえ歌舞伎”と呼ばれる物語性を重視した脚本を多く生み出す。『アテルイ』で2002年朝日舞台芸術賞・秋元松代賞と第47回岸田國士戯曲賞を受賞。

K. Nakashima Selection Vol. 33
新 陽だまりの樹

2020年 3 月 20 日　初版第 1 刷印刷
2020年 4 月 3 日　初版第 1 刷発行

原　作　手塚治虫『陽だまりの樹』
脚　本　中島かずき
発行者　森下紀夫
発行所　論創社
東京都千代田区神田神保町 2-23　北井ビル
電話 03（3264）5254　振替口座 00160-1-155266
印刷・製本　中央精版印刷
ISBN978-4-8460-1928-0